Gravidade zero.

Woody Allen.

EDITORA
NOVA
FRONTEIRA

Tradução de Regina Lyra
Prefácios de Rodrigo Fonseca e Daphne Merkin

Gravidade zero.

Título original: *Zero Gravity*

Zero Gravity © 2022 by Woody Allen

Edição publicada mediante acordo com a Skyhorse Publishing, Inc. por intermédio da International Editors & Yáñez Co' S.L.

Direitos de edição da obra em língua portuguesa no Brasil adquiridos pela EDITORA NOVA FRONTEIRA PARTICIPAÇÕES S.A. Todos os direitos reservados. Nenhuma parte desta obra pode ser apropriada e estocada em sistema de banco de dados ou processo similar, em qualquer forma ou meio, seja eletrônico, de fotocópia, gravação etc., sem a permissão do detentor do copirraite.

EDITORA NOVA FRONTEIRA PARTICIPAÇÕES S.A.
Av. Rio Branco, 115 — Salas 1201 a 1205 — Centro — 20040-004
Rio de Janeiro — RJ — Brasil
Tel.: (21) 3882-8200

Dados Internacionais de Catalogação na Publicação (CIP)

A425g   Allen, Woody

        Gravidade zero/ Woody Allen; traduzido por Regina Lyra; prefácios de Rodrigo Fonseca e Daphne Merkin. – Rio de Janeiro: Nova Fronteira, 2023.
        208 p.; 13,5 x 20,8 cm

        Título original: *Zero Gravity*

        ISBN: 978-65-5640-732-6

        1. Coletânea de humor. I. Lyra, Regina. II. Título.

                                                 CDD: 817
                                                 CDU: 82-7

André Queiroz – CRB-4/2242

CONHEÇA OUTROS LIVROS DA EDITORA:

Para Manzie e Bechet, nossas duas filhas encantadoras que cresceram diante dos nossos olhos e usaram os nossos cartões de crédito por trás das nossas costas.

E, claro, Soon-Yi... Se conhecesse você, Bram Stoker teria escrito a continuação.

Nota sobre a tradução

Os CONTOS REUNIDOS neste livro apresentam inúmeros trocadilhos, significados ocultos, alusões e referências culturais, paráfrases de citações e termos em iídiche. Optou-se, porém, no intuito de preservar a fluidez e o ritmo do texto, por incluir apenas duas notas de tradutor, consideradas essenciais à compreensão do contexto, nos rodapés das respectivas páginas. Entretanto, para o leitor interessado em mergulhar mais fundo na obra e nas minúcias criativas do autor, acrescentou-se um pequeno Apêndice no fim com esclarecimentos a respeito de algumas menções e referências.

Observe-se, ainda, que a maioria dos nomes próprios contém duplo sentido, em geral pertinente ao texto em que aparecem. Procurou-se traduzi-los/adaptá-los sempre que possível, como fizeram os dois tradutores brasileiros das coletâneas anteriores.

Alguns termos em iídiche foram mantidos na tradução (em itálico) e se encontram traduzidos no Apêndice.

Sumário.

Um filmaço por escrito — Rodrigo Fonseca 11
Prefácio — Daphne Merkin 15

Não dá para voltar pra casa — Eis por quê 25
Delírio úbere 35
Park Avenue, andar alto, vende-se urgente —
ou Pula-se no vazio 42
Franguinhas, que tal sair hoje à noite? 51
Que o avatar verdadeiro se identifique, por favor 58
Uma leve cirurgia plástica não faz mal a ninguém 66
Escaldados em Manhattan 74
Me acorde quando acabar 79
Ei, onde foi que eu deixei o meu balão de oxigênio? 86
Imbróglio na dinastia 92
Criatura alguma se mexia 100
Faça uma forcinha, você vai se lembrar 106
Proibido animais 112
Dinheiro pode comprar felicidade — Quem disse? 118
Quando o emblema no seu capô é Nietzsche 123
Por cima, em volta e por dentro, Vossa Alteza 128
Nada melhor que um cérebro 136
Rembrandt no fotochart 144
Crescer em Manhattan 152

Apêndice 205

Um filmaço por escrito

FOI UMA FÃ BRASILEIRA da Nova York retratada em filmes como *Manhattan* (1979) quem enviou, por correio, um exemplar da obra de Machado de Assis (1839-1908) a Woody Allen, endereçando-o ao escritório do cineasta com o acréscimo de uma carta, na qual sugeria que o estilo do Bruxo do Cosme Velho poderia encantar seu ilustre destinatário. Apesar de não saber o nome da gentil remetente, o multiartista por trás de cinquenta filmes (o quinquagésimo, *Coup de Chance*, rodado na França e falado na língua de Balzac, foi finalizado junto com este livro que você tem em mãos) teve um deleite com *Memórias póstumas de Brás Cubas* (1881) e dele partiu para *Dom Casmurro* (1899). "É impressionante como algo escrito há tanto tempo pode ter continuado tão atual", disse Allen numa entrevista de 2008, quando a coletânea de historietas *Fora de órbita* (*Mere Anarchy*) popularizava-se na língua portuguesa. Além de Machado, outras vozes literárias aclamadas povoam uma cabeça que fez de Annie Hall a força motriz de *Noivo neurótico, noiva nervosa* (ganhador de quatro Oscars em 1978): "Li os livros óbvios que todo americano lê na escola e o essencial dos autores russos", admitiu certa vez o realizador, listando *Os irmãos Karamázov*, de Fiódor Dostoiévski, e *O vermelho e o negro*, de Stendhal, entre os títulos que mais lhe fundiram a cuca. Sabe-se que Dostoiévski esteve com ele, não como "encosto", mas como farol em *O sonho de Cassandra* (2007), em *Ponto Final: Match Point* (2005) e no avassalador *Crimes e pecados* (1989). Já se falou, porém, Kierkegaard, de Shakespeare e até de Marshall McLuhan nos longas que ele rodou. Só no fenômeno de bilheteria *Meia-noite em Paris* — ganhador do Oscar de Melhor Roteiro em 2012, que custou US$ 17 milhões e faturou US$ 151,6 milhões —, ele transforma medalhões como Zelda Fitzgerald e Ernest Hemingway em personagens. Ou seja, a literatura vive nele.

Certos titãs da pintura também estão sempre nas pupilas daqueles olhos escondidos sob lentes grossas. "Se eu sou um gênio, Rembrandt é o quê?", perguntou Woody numa entrevista de 2006. Sabe-se que Bergman (seu deus maior, assim no céu como na tela), Fellini, Renoir e Kurosawa também constroem seu panteão de artistas de formação e de culto — ou seja, sempre que escreve "causos" como os que você vai ler nas páginas a seguir, ele arquiteta suas tramas tendo esses criadores de universos como bússolas, além de toda a sabedoria judaica na qual foi criado e da qual, por vezes, faz troça. Sobre os longas que escreveu, a partir de *O que é que há, gatinha?* (1965), ele é taxativo: "Roteiros não são literatura. Roteiros são rascunhos para se achar um filme." Investindo num processo muito particular de "escrita da alma" — como o classificam as tietes bergmanianas —, cuja gramática é o riso, o chiste, a galhofa e a autocrítica, Woody imprime nas histórias que você vai ler daqui a um virar de páginas as mais tresloucadas situações — ainda que se passem em atmosferas corriqueiras. Em seus filmes não é diferente, vide o espírito da mãe judia que se projeta nos céus dos Estados Unidos em "Oedipus Wrecks", um dos *Contos de Nova York* (1989). Como esquecer do ator fora de foco (vivido pelo saudoso Robin Williams) em *Desconstruindo Harry*, de 1997? Como não se surpreender com o personagem em trajes de safári que sai da tela em *A Rosa Púrpura do Cairo* (1985)? São toques de fantasia, por vezes de surrealismo, numa carreira que se imortalizou à força da gargalhada alheia.

Por vezes, lendo *Gravidade zero*, a gente tem a sensação de estar ouvindo aquela vozinha balbuciante de Woody — muito bem transportada para as versões brasileiras da Herbert Richers e outros estúdios por Élcio Romar, o Paulo Autran dos dubladores. Cada ponto, cada vírgula, cada "mas, porém, contudo, todavia, no entanto, outrossim" deste livro carrega essa voz, numa assinatura de estilo, mas também de temática, em especial uma crença: "O único amor que dura para sempre é o amor não correspondido", disse o cineasta em seu *Celebridades* (1998) e em sua vida. Uma vida patrulhada, conturbada, mas alvo de admiração por muita gente. Woody ensinou o audiovisual a entender a dimensão cinemática da palavra falada, extraindo dela poética, indo além do patético que há de inerente à comédia. A lição que ele dá à literatura é igualmente encantadora: a certeza de que cada parágrafo pode ser um plano-sequência num filme por escrito, feitos com letras, tintas e imaginação.

Um filme sem *The End*.

Rodrigo Fonseca
Crítico de cinema, escritor e dramaturgo

Prefácio

NÃO É FÁCIL SER ENGRAÇADO. Como é do conhecimento de qualquer pessoa que já foi obrigada a ouvir piadas insípidas e rir por mera educação durante um coquetel, o desejo de ser engraçado é enorme, mas poucas vezes se concretiza. Ser engraçado no papel, em que o *timing*, os gestos e as expressões faciais não estão disponíveis para pontuar ou acrescentar ênfase a um gracejo, costuma ser ainda mais difícil. Num passado que parece muito remoto, a arte de ser engraçado, de escrever o tipo de historietas cômicas que a *New Yorker* chamava de "*casuals*", era praticada por grandes humoristas de dedos velozes como Robert Benchley, Dorothy Parker, George S. Kaufman e S.J. Perelman. Hoje em dia, fazer rir, sobretudo no papel, parece quase sempre uma empreitada mais suada, mais trabalhosa — produzindo sorrisos de aprovação, talvez, mas raramente risadinhas gostosas ou gargalhadas sonoras.

Entretanto, temos Woody Allen. Boa parte das suas tiradas, quer nos textos quer nos filmes, brota da nossa cultura: "Se realmente existe um Deus... o mínimo que se pode dizer é que Ele é basicamente um incompetente" (*A última noite de Boris Grushenko*). Outras são menos familiares, mas igualmente memoráveis, produzindo efeito por meio de uma associação inesperada de alusões intelectuais e humor inculto: "Trabalhei com Freud em Viena. Entramos em conflito a respeito do conceito de inveja do pênis. Freud achava que isso devia se limitar às mulheres" (*Zelig*). Uma das minhas favoritas parodia o tipo de memorialista que supõe que todos estejam interessados nas suas revelações e por isso tenta, de forma irritante, encobrir suas pegadas. Ela aparece em "Excertos de um diário...", o primeiro conto em *Sem plumas*, sua segunda coletânea, publicada em 1975 (a primeira foi *Cuca fundida*, de 1971): "Devo me casar com W.? Só se ela me disser as outras letras do seu nome." Uma terceira coletânea, *Que loucura*, foi publicada em 1980, e uma quarta, *Pura anarquia*, saiu em 2007.

Há também o gracejo feito com a observação elitista de Emily Dickinson, que funciona como epígrafe de *Sem plumas* ("A esperança é a coisa com plumas"), que Allen corrige de forma laboriosa e hilariante: "Emily Dickinson enganou-se redondamente. A esperança não é 'a coisa com plumas'. A coisa com plumas é o meu sobrinho. Preciso levá-lo a um especialista em Zurique." Não devemos esquecer a abertura de "Examinando fenômenos psíquicos": "Não há dúvida de que o Além existe. O problema é saber a quantos quilômetros fica do centro da cidade e a que horas fecha." Talvez o conto mais impagável do livro seja "A puta com PhD", sobre uma aluna de 18 anos de Vassar que também é garota de programa. A cafetina para quem ela trabalha tem pós-graduação em literatura comparada, e a especialidade da moça de 18 anos é despertar nos clientes o interesse pelo discurso intelectual. Ela é capaz de matraquear sobre *Moby Dick* ("os apêndices sobre simbolismo são cobrados por fora, naturalmente") e a ausência de uma "subestrutura de pessimismo" em *Paraíso perdido*. O texto é incrivelmente criativo — e um divisor de águas.

É possível continuar indefinidamente. *Sem plumas* foi publicado, por incrível que pareça, há quase meio século e figurou durante quatro meses na lista dos mais vendidos do *New York Times*. Consolidou a reputação de Allen como piadista intelectual, uma extensão da *persona* infeliz e tímida dos seus filmes, mas com um afastamento quase imperceptível da sua discreta insignificância para se aproximar de uma figura levemente (apenas levemente) mais dotada de autoridade para comentar o mundo absurdo ao redor. Permanecem o característico subtom de melancolia — algo a que o próprio Allen se refere como anedonia (a incapacidade de sentir prazer em atividades em geral agradáveis) — e o ponto de vista urbano, bem como a perspectiva pessimista que permeia o absurdo e as cores de tudo em que põe os olhos, do amor, do sexo e da morte até os monumentos culturais. Numa seção chamada "Predição", mais uma vez em "Examinando os fenômenos psíquicos", ele transcreve as citações sábias de um conde do século XVI chamado Aristonides. "Vejo um grande homem", prevê esse profeta, "que, um dia, inventará uma peça de roupa para ser usada sobre as calças quando se estiver cozinhando. Será chamada de *abental* ou *aventale*" (Aristonides se referia, é claro, ao avental).

Se os humoristas, assim como os pianistas asiáticos de 13 anos, podem ser rotulados de prodígios, Allen sem dúvida se enquadra no rótulo. Começou vendendo piadas aos 15 anos e foi expulso da Universidade de Nova York porque gazeteava um bocado as aulas, não estudava nem prestava atenção. Poucos anos depois, já escrevia roteiros para os especiais de Sid Caesar, produzindo piadas em ritmo de metralhadora. Trabalhou com Mel Brooks, Larry Gelbart, Carl Reiner e Neil Simon, e, reza a lenda, podia se sentar diante da máquina de escrever durante 15 horas seguidas e datilografar tiradas, anedotas e gracejos espirituosos (jamais sofreu um bloqueio de escritor). Nos anos 1960 atuou como comediante de *stand up* em Greenwich Village, no The Bitter End e no Café Au Go Go. Também escrevia e dirigia comédias-pastelão, como *Um assaltante bem trapalhão* (1969), *Bananas* (1971), *O dorminhoco* (1973) e *A última noite de Boris Grushenko* (1975). Ainda me lembro de assistir a *Um assaltante bem trapalhão* e tentar resistir a dar risada, como típica adolescente, mas acabar explodindo em gargalhadas quando Allen, no papel de um ladrão de banco frustrado, segura um cartaz que diz "Tenho uma abma".

E agora, senhoras e senhores e membros não binários do público leitor, a paciência que demonstraram foi premiada. O *auteur* dos olhos tristes voltou, depois de passados mais de 15 anos da sua última coletânea, com um novo livro chamado *Gravidade zero*. Alguns dos contos foram publicados na *New Yorker* e outros, escritos especificamente para este livro. Entre os últimos se inclui um conto pungente de cinquenta páginas chamado "Crescer em Nova York", tipicamente woodyano em seu misto de anseio romântico e descrença arrogante diante de outra contradição "num mundo especialmente projetado para que ele jamais o entenda".

O *alter ego* de Allen é Jerry Sachs, de 22 anos, que cresceu em Flatbush num "prédio quadrado e sem brilho de dez andares e tijolinhos vermelhos batizado com o nome de um patriota. Edifício Ethan Allen. Ele achava que um nome melhor para o lugar, dado a fachada suja, o hall de entrada sombrio e o zelador bêbado, seria Edifício Benedict Arnold". Ele trabalha na sala de correspondência de uma agência teatral, a despeito do desejo da mãe, "uma mulher perpetuamente desprovida de encantos", de ver o filho um dia se tornar farmacêutico. O membro mais reverenciado da família é um primo, cuja "dicção lembrava a de Abba Eban". Sachs mora numa "quitinete num prédio sem elevador na Thompson Street" e irrita a esposa, Gladys (um nome perfeito para uma primeira esposa), que trabalha numa imobiliária e estuda à noite no City College para se tornar professora, com seu "chorrilho de queixas psicossomáticas". Sachs é apaixonado por Manhattan em sua época mais glamorosa, nos tempos do El Morocco e do Gino's, quando o *"beautiful people"* entabulava conversas brilhantes e tomava coquetéis num "cenário digno de Cedric Gibbons".

Num dia de primavera, ele está sentado no seu banco predileto próximo ao Conservatory Water e seus barquinhos, quando uma moça encantadora chamada Lulu, com olhos cor de violeta que "projetam uma sofisticada malícia urbana", se senta do outro lado do banco. Quando Sachs lhe diz que está escrevendo uma peça sobre "uma judia obrigada a fazer escolhas existenciais", Lulu o interrompe e fala que sua tese foi sobre filosofia alemã: "O conceito de liberdade na poesia de Rilke".

Lulu fica encantada com a ideia de Sachs abordar tais temas de uma perspectiva cômica, e ele reage previsivelmente: "A aprovação dela fez com que o topo da cabeça de Sachs fosse removido, erguido tal qual um disco voador e excursionasse pelo sistema solar antes de voltar ao lugar." Daí em diante, ao menos por algum tempo, os dois se relacionam como se feitos um para o outro — até o momento em que tudo vai para o brejo, por conta da proposta de uma orgia da qual Lulu está louca para participar, mas que Sachs reprova: "Eu não me tacharia de ansioso", declara com irritação, "por não estar a fim de fazer sexo com o Coro do Tabernáculo Mórmon". Por outro lado, sendo Woody Allen o autor, não se poderia esperar uma felicidade duradoura, não é mesmo?

Há mais 18 contos, menores, que abordam de tudo, desde atores aspirantes ou desempregados que têm agentes como Toby Munt da Parasitas Associados, às origens do Frango do general Tso e ao *pied-à-terre* com "vasta mansão em Belgravia", residência do duque e da duquesa de Windsor, onde o duque se concentra num nó Windsor decente e na melhor maneira de dar o laço na gravata-borboleta e a duquesa, "buscando se ocupar, pratica o Watusi com base num diagrama de dança desenhado no chão". "Park Avenue, andar alto, vende-se urgente — ou Pula-se no vazio" aborda a avareza e os esquemas de negociação do mercado imobiliário; outro conto nos apresenta um cavalo cujo hobby é mexer com tintas e que se torna um artista muito requisitado. "Escaldados em Manhattan" nos brinda com Abe Moskowitz, que "vítima de um ataque cardíaco, e reencarnou como uma lagosta", após o que a história descamba para uma paródia sobre o arquiconspirador Bernie

Madoff, que por pouco também não vira uma lagosta. Outro conto, "Dinheiro pode comprar felicidade — Quem disse?" transforma o Banco Imobiliário num jogo da vida real com altas apostas por parte dos antigos sócios do Lehman Brothers. Tem também o que trata de um bando de galinhas teimosas, enquanto outro discute as qualidades de vários travesseiros, debate este que ocorre no London Explorers Club. Percebe-se um sutil tapa na cara do politicamente correto, enquanto, claro, Hollywood, com toda a sua falsa pompa e as suas pseudo--hierarquias, é objeto de pancadaria explícita.

Concluindo: Woody Allen não perdeu um átimo da sua capacidade de entreter e encantar, quer por meio do seu estilo intencionalmente pomposo, que inclui um emprego desconcertante de termos barrocos, cheios de letras ou obscuros — bugiganga, aflato, síncope, calipígio, crepuscular —, quer por meio de nomes inventados, porém altamente pertinentes para seus personagens, como Hal Matabaratinsky, Ambrosia Batallass, Hugh Farsantich, Fanfunck, Morey Lumbrigoyd, Nasochatus... e muitos mais. Há também a costumeira aspersão generosa de referências eruditas, que abrange de Scriabin, Reinhold Niebuhr e La Rochefoucauld a Strindberg e Turgenev. E, para não parecer excessivamente esnobe, Miley Cyrus. Talvez mais impactantes para uma acadêmica não praticante como eu sejam as alusões que remetem ao título ambíguo de um livro, como no caso de "uma confraria de cotovias", ou a um poema de W.B. Yeats, "o mar atormentado pelo gongo". Se ouvirmos com atenção, é possível discernir por trás das palavras o jeito característico de falar de Allen — as consoantes fricativas, o tom neutro, mas sorumbático, a guinada repentina das observações mais normais e plebeias para comentários totalmente tresloucados.

Nestes tempos tão sombrios, em que um assassino russo baixinho de olhos puxados parece inclinado a criar o caos no mundo, um dos poucos alívios viáveis que nos restam para a escuridão e o desespero é o humor leve e sensível e as doses de irreverência ostensiva que nos recordam a existência de outras facetas da vida que não apenas o puro horror. Nunca foi tão necessário quanto agora "mandar entrar em cena os palhaços". Seja bem-vindo, Woody Allen.

Daphne Merkin
Romancista, ensaísta e crítica
literária norte-americana

Os seguintes contos foram
anteriormente publicados na *New Yorker*:

"Delírio úbere"
(18 de janeiro de 2010)

"Que o avatar verdadeiro se identifique, por favor"
(10 de maio de 2010)

"Escaldados em Manhattan"
(30 de março de 2009)

"Ei, onde foi que eu deixei o meu balão de oxigênio?"
(5 de agosto de 2013; a versão publicada
neste livro foi revisada pelo autor)

"Criatura alguma se mexia"
(28 de maio de 2012)

"Faça uma forcinha, você vai se lembrar"
(10 de novembro de 2008)

"Dinheiro pode comprar felicidade — Quem disse?"
(24 de janeiro de 2011)

"Por cima, em volta e por dentro, Vossa Alteza"
(26 de maio de 2008)

Não dá para voltar pra casa — Eis por quê

QUEM JÁ JOGOU UM fósforo aceso num paiol de pólvora há de concordar que esse gesto minúsculo é capaz de gerar uma quantidade absurda de decibéis. Com efeito, um redemoinho de proporções sísmicas se abateu sobre a minha vida semanas atrás, detonado meramente por um torpedo sucinto passado por baixo da porta da frente da nossa townhouse. O bilhetinho letal anunciava que uma equipe de produção de Hollywood em processo de filmagem em Manhattan concluíra que a parte externa da nossa casa era absolutamente perfeita para a patuscada de celuloide que por acaso andavam refogando no momento e que, caso o interior também passasse no teste, haveria interesse em usá-la como locação. Aflito como estava diante de certas fusões em Wall Street que impactavam meus investimentos substanciais em pirita, dediquei ao comunicado a mesma atenção que se costuma dar aos menus de restaurantes chineses delivery e arquivei a garatuja na lata de lixo. Todo o episódio havia sido demasiado trivial para merecer sequer uma menção honrosa entre os neurônios que respondiam pela minha memória até vários dias depois, quando minha mulher e eu raspávamos o carvão do jantar que a cozinheira calcinara a ponto de ficar irreconhecível.

— Esqueci de mencionar — disse a piromaníaca dublinense, enquanto limpava a fuligem da toalha de mesa — que enquanto vocês estavam na sessão de Rolfing com aquele charlatão cara de pau, o pessoal do cinema veio aqui.

— O pessoal de onde? — indaguei, sem grande interesse.

— Disseram que tinham mandado uma mensagem. Vieram examinar a casa. Adoraram tudo, menos aquela foto em que você está ao lado do Albert Einstein, que viram logo que era montagem.

— Você deixou gente estranha entrar na casa? — repreendi. — Sem o meu consentimento? E se fossem ladrões ou *serial killers*?

— Isso é uma piada? Ladrões usando cashmeres de tons pastel? — retrucou a cozinheira. — Além disso, reconheci o diretor, que vi na entrevista que deu ao programa do Charlie Rose. É o Hal Matabaratinsky, o mais novo prodígio de Hollywood.

— Parece interessante, não? — interveio a minha cara-metade. — Imagine o nosso ninho imortalizado num megassucesso vencedor do Oscar. Falaram quem são os atores?

— Só mencionaram Brad Paunch e Ambrosia Batallass — guinchou a *chef*, nitidamente deslumbrada por celebridades.

— Sinto muito, lindezas — decretei com autoridade olímpica. — Não vou permitir que essa turma entre aqui. Vocês duas são idiotas? Era só o que faltava: um bando de primatas acampado nos nossos tapetes persas. Aqui é o nosso templo, nosso santuário, decorado com tesouros arrematados nas grandes casas de leilão da Europa, como os vasos chineses, minhas edições originais, as porcelanas de Delft, os móveis Luís XVI, todas as bugigangas e quinquilharias colecionadas ao longo de uma vida inteira. Sem falar que preciso de absoluta tranquilidade para terminar a minha monografia sobre o caranguejo-ermitão.

— Mas o Brad Paunch... — grasnou a taquara rachada. — Ele fez um Liszt divino em *Hérnia de outono*.

Quando ergui a mão para encerrar a discussão, o telefone tocou e uma voz que cairia bem num vendedor de facas de aço inoxidável que despelam e cortam qualquer coisa latiu no meu ouvido.

— Ah, que bom que está em casa. Aqui é Murray Mincasp. Sou o produtor executivo de *Rema, mutante, rema*. Vocês devem ter um bom anjo da guarda, porque acabaram de ganhar na loteria. Hal Matabaratinsky resolveu usar a sua casa...

— Estou sabendo — interrompi de imediato. — Para filmar uma cena. Como foi que você descobriu meu telefone de casa?

— Calma, cara-pálida — continuou o sujeito no mesmo tom fanho. — Eu só estava remexendo nuns papéis na sua gaveta hoje quando inspecionamos a sua toca. Aliás, não se trata de uma cena, mas *da* cena. Do momento-chave em torno do qual gira o troço todo.

— Desculpe, sr. Mincusp...

— Mincasp, mas tudo bem. Todo mundo troca o meu nome, mas eu encaro numa boa.

— Sei muito bem o que as equipes de filmagem fazem quando invadem uma casa — falei com firmeza.

— Não nego que muitos são uns brutamontes — admitiu Mincasp —, mas não é o nosso caso. A gente anda na ponta dos pés, como monges trapistas. Se não disséssemos que estamos rodando um filme na sua casa, você nem desconfiaria. E não estou sugerindo que faça isso de graça. Já sei que vou ter de desembolsar uma grana preta.

— Não adianta — insisti. — Lucro nenhum no mundo paga a entrada de vocês no tabernáculo deste que vos fala. Obrigado pela lembrança e *arrivederci*.

— Só um instante, coroa — falou Mincasp, cobrindo o bocal do fone com a mão enquanto tive a impressão de ouvir vozes abafadas debatendo o que soou como um complô para executar o sequestro do século.

Eu já ia arrancar o fio do telefone da tomada quando Mincasp tornou a dar sinal de vida:

— Veja, acabei de falar com Hal Matabaratinsky, que por acaso está aqui ao meu lado, e ele quer saber se você gostaria de *aparecer* no filme. Não posso prometer o papel principal, mas alguma coisa divertida e interessante que poria a sua cara na telona e seria um legado para seus filhos e netos. Quem sabe a patroa também possa aparecer, depois de uma sessão de microabrasão, se é que é dela a foto que vi em cima do piano.

— Atuar no filme? — perguntei, meio entalado, sentindo um solavanco no coração que em geral é aplicado pelos socorristas para ressuscitar os mortos. — Minha mulher é tímida de doer, mas a verdade é que atuei um pouco na universidade e no teatro regional. Patinei no papel de Parson Manders em *Ibsen on Ice* e até hoje falam do meu desempenho em *Os equívocos de uma noite*. Resolvi dar a Tony Lumpkin uma série de tiques faciais que fizeram as plateias em Yuma rolarem de rir. Claro que entendo que existe uma diferença entre teatro e cinema, e que é preciso moderar o gestual e deixar a câmera trabalhar os closes.

— Lógico, lógico — concordou o produtor executivo. — Matabaratinsky bota muita fé em você.

— Mas ele nunca me viu — protestei, sentindo um ligeiro eflúvio de safadeza me subir às narinas.

— Por isso ele é o John Cassavetes desta geração — garantiu Mincasp. — Matabaratinsky é movido a puro instinto. Gostou do que viu quando inspecionou o seu guarda-roupa. Um sujeito com tanto talento para se vestir é perfeito para o papel de Shepherd Grimalkin.

— Quem? Grimalkin? — indaguei, animado. — Que tipo de personagem é Grimalkin? Você pode me passar uma pequena sinopse da trama? Um esboço basta.

— Para isso, você vai ter de conversar com o diretor. Só posso dizer que a trama básica combina *Tubarão* com *Persona*. Espere um instante, Hal vai falar.

Senti alguma coisa que me pareceu relutância da parte de Matabaratinsky em abordar o assunto e pensei ouvir Mincasp usar a expressão "cordeiro para o matadouro". Então, uma voz desconhecida trombeteou:

— Aqui é Hal Matabaratinsky. Acho que o Murray explicou que queremos que você atue na cena mais importante da fita.

— Dá para me dizer alguma coisa sobre Grimalkin? Suas origens, suas ambições... para que eu possa começar a trabalhar o personagem. Só o nome já sugere uma grande sensibilidade.

— Que é o que ele tem de sobra — concordou Matabaratinsky. — Grimalkin é perspicaz, é um filósofo, mas tem humor, nunca se deixa pegar pelo contrapé, mas também é bom de briga. Nem preciso dizer que as mulheres o consideram um gato, um Beau Brummel cujas ética médica e competência para pilotar aviões conquistaram o respeito daquele mestre do crime, o Professor Dildarian. Por outro lado...

A essa altura, o fone foi aparentemente arrancado das mãos de Matabaratinsky por um ansioso Murray Mincasp, que retomou a conversa:

— Então, podemos botar no papel que o seu cafofo é o domicílio do protagonista?

— Protagonista? — repeti, engasgado, incapaz de acreditar naquela incrível guinada dos acontecimentos. — Quando recebo as minhas falas para poder decorar?

Fez-se um silêncio sepulcral do outro lado da linha. Então:

— Matabaratinsky não trabalha com roteiros — explicou Mincasp. — Sua marca registrada é a espontaneidade. O garoto se inspira no momento, *à la* Fellini.

— Não sou exatamente um novato em improvisação — atalhei. — Quando fiz Polônio numa produção amadora, uns guaxinins levaram o meu nariz de cera. Não consigo atinar por que foram fazer uma coisa dessas...

— É isso aí... — interrompeu Mincasp, justo quando ouvi uma terceira voz dizer "Murray, seu frango tandoori chegou, quanto dou de gorjeta ao entregador?". — A gente se vê na terça, parceiro.

"Eles mandaram os papadums?" foi a última frase audível do produtor antes que eu ouvisse um clique e o sinal de discar.

No fundo um ator frustrado, passei a semana toda mergulhado nos filmes de Marlon Brando e nos livros de Stanislavski. Não consegui deixar de imaginar como a minha vida poderia ter sido diferente se anos antes eu tivesse ouvido o meu coração e entrado no Actors Studio em vez de correr para me matricular na escola de embalsamamento.

Sem fazer ideia de como começam a trabalhar cedo as equipes de filmagem, ainda estava escuro na data marcada quando fui arrancado das garras de seis Stilnoxes pelo tipo de batida na porta da frente que se costuma associar à descoberta do esconderijo de Anne Frank. Temendo que pudesse se tratar de um terremoto ou de um ataque com gás sarin, pulei da cama, escorreguei e rolei de costas a escada, encontrando, ao abrir a porta, a rua apinhada de trailers e cones de sinalização.

— Vamos, tio, tempo é dinheiro — fui informado por um assistente de direção maníaco. Em seguida, um batalhão de contrarregras, eletricistas, carpinteiros e operários enveredaram casa adentro, despejando a sua panóplia de ferramentas de demolição.

Às pressas, seis caminhões de equipamento cinematográfico foram então descarregados por carrancudos burros de carga sindicalizados, profissionais dedicados a ferir, fraturar ou mutilar quaisquer objetos domésticos com valor superior a três dólares. Sob o comando do cameraman, um europeu oriental barbudo chamado Malignish Menzies, pregos foram cravados em paredes revestidas de mogno e enormes spots neles pendurados, apenas para serem arrancados abruptamente e aparafusados nas sancas originais da sala. Emergindo aos poucos do meu torpor, reclamei com Murray Mincasp, que acabara de entrar saboreando um *shnecken* recheado de cream cheese, enquanto deixava pingar capuccino jamaicano do copo do Starbucks diretamente no medalhão central do nosso Aubusson.

— Você falou que nada seria danificado — coaxei, enquanto as marteladas espalhavam gesso e um abajur Tiffany se despedaçava em cacos coloridos no chão.

— Dê um oi para Hal Matabaratinsky, seu diretor — disse Mincasp, ignorando a minha queixa, enquanto vários Cro--Magnons carregando tripés de iluminação abriam um rasgo no papel de parede da virada do século, cujo tamanho era precisamente o mesmo que o aberto pelo iceberg no casco do *Titanic*.

Controlando uma síncope vasovagal em nome da arte, agarrei Matabaratinsky e lhe apresentei as minhas ideias para desempenhar o papel.

— Tomei a liberdade de inventar uma historinha de fundo — entoei —, uma vida pregressa, por assim dizer, para humanizar Grimalkin. Comecei pensando na sua infância de filho de um caixeiro-viajante especializado em pão doce. Depois...

— Ok, ok, cuidado com o carrinho da câmera — disse Matabaratinsky quando um contrarregra carregando esse equipamento aniquilou um vaso. — Foi mal — desculpou-se, soltando um suspiro. — Me responda: aquela coisinha crucificada ali, impossível de ser reconhecida agora, era da dinastia Tang ou Sung?

Por volta das dez da manhã, graças aos inspirados surtos de criatividade de Matabaratinsky e o seu categoricamente lunático cenógrafo, a casa já deixara de ser uma townhouse do Upper East Side para se transformar num bordel árabe. A mobília fora empilhada aleatoriamente do lado de fora na calçada, a despeito da chuva pesada que começara a cair. Na minha sala, algumas figurantes atuando como huris reclinavam-se sedutoramente em almofadas. Ambrosia Batallass, pelo que deduzi, interpretava uma herdeira sequestrada e forçada a satisfazer as fantasias de um sultão depravado, que na verdade vinha a ser o seu nutricionista disfarçado com o qual ela se casa no final do filme a bordo de uma nave espacial. Por que o nosso domicílio era vital para inspirar esse crescente pesadelo somente um gênio como Matabaratinsky seria capaz de explicar. Quanto à minha mulher, a carnificina generalizada parecia um preço pequeno a pagar para conhecer pessoalmente Brad Paunch, que sussurrava alguma coisa no seu ouvido.

— Não, são verdadeiros — respondeu ela.

Lá pelas três da tarde, a minha cena ainda não se materializara e, afora um pequeno incêndio na biblioteca, ateado pelo pessoal dos efeitos especiais e que consumiu o meu Grillparzer autografado e o meu giz sobre papel de Redon, todo mundo parecia eufórico com o progresso da filmagem. Quando entreouvi que a equipe encerraria os trabalhos às seis horas para evitar o pagamento de eventuais horas extras, comecei a ficar ansioso quanto à minha participação. Expressei essa ansiedade ao assistente de direção, mas ele garantiu que o meu papel era demasiado crucial para ser ignorado. Com efeito, pouco antes das seis me convocaram no porão, para onde eu fora banido por Ambrosia Batallass, que insistira, num ataque de pelancas, que a minha peruca a desconcentrava.

— Agora que vamos filmar — falei para a continuísta —, a fim de retratar fielmente Grimalkin, preciso de alguns detalhes para que quaisquer improvisos que me venham à cabeça sejam geniais.

Eu estava prestes a ser mais específico, quando dois brutamontes me levantaram pelo colarinho e pelos fundilhos da calça, fazendo com que eu pairasse de forma paralela ao chão, me deitando depois com a cara virada para o assoalho enquanto uma mulher pincelava um líquido vermelho na minha bochecha. Em seguida, um revólver mequetrefe foi colocado pouco além do alcance dos meus dedos, como se tivesse escorregado da minha mão. Fui orientado para, ao ouvir a palavra "Ação", ficar imóvel e sem respirar, o que se revelou mais difícil do que eu imaginara, já que fui acometido por um acesso de soluços. A princípio, achei que estavam filmando sem respeitar a sequência correta, começando com a descoberta do meu cadáver para depois dar início à trama, que se desenrolaria em *flashback*, mas, quando gritaram "Corta", as luzes se apagaram, a porta foi escancarada e a equipe se acotovelou para sair.

— Você e a empregada podem arrumar os cômodos — disse Mincasp, enquanto cobria a cabeça com o boné de tweed. — Você me parece um perfeccionista que gosta de tudo no devido lugar.

— M... Mas o meu personagem, Grimalkin, o eixo da história... — balbuciei.

— De fato é isso que ele é — interveio Matabaratinsky, fazendo sinal para os contrarregras não perderem um tempo precioso tornando a trazer para dentro os nossos móveis. — Todo mundo fica pasmo quando o corpo dele é encontrado. Por que um polímata carismático como Shepherd Grimalkin tiraria a própria vida? Por quê? É o que todos passam o restante do filme tentando descobrir.

Enquanto o criativo embusteiro e o seu diretor se desmaterializavam, me deixando mergulhado até o pescoço em obras de arte destruídas, perguntei-me por que um homem sensato se mataria sem motivo aparente, mas devo dizer que um motivo me ocorreu.

Delírio úbere

Um artigo publicado [...] pelo Centro de Controle de Doenças [relatou que] cerca de vinte pessoas são mortas anualmente por vacas nos Estados Unidos [...] Em 16 casos, "o animal supostamente atacou a vítima de propósito", afirma o relatório [...] Com exceção de uma, todas as vítimas morreram em consequência de ferimentos na cabeça ou no peito; a última morreu depois de ser derrubada por uma vaca e ter sido injetada com o antibiótico que carregava numa seringa no bolso e se destinava ao animal. Ao menos em um dos casos, a vaca atacou a vítima pelas costas.

The Times

SE O MEU RELATO dos acontecimentos da semana passada parece truncado, até mesmo histérico, peço desculpas. Costumo ser a encarnação da placidez. A verdade é que os detalhes do que vou contar são particularmente irritantes, já que tiveram lugar num cenário tão pitoresco. Com efeito, a fazenda dos Pudnick em Nova Jersey é páreo para qualquer quadro pastoral de Constable, se não em dimensões, decerto em tranquilidade bucólica. A meras duas horas da Broadway, onde o último musical de Sy Pudnick, *O vírus carnívoro*, tem lotado o teatro, é para cá, um lugar cercado por colinas ondulantes e campinas verdejantes, que o famoso letrista vem para relaxar e revigorar o seu aflato. Diligente fazendeiro de fim de semana, Pudnick, juntamente com a mulher, Wanda, planta o próprio milho, as cenouras, os tomates e um leque de outras lavouras amadoras, enquanto os filhos são anfitriões para uma dúzia de galinhas, uma dupla de cavalos, um cordeirinho recém-nascido e a criatura que vos fala. Dizer que para mim os dias aqui são um Shangri-La não é exagero. Posso pastar, ruminar e meditar em harmonia com a natureza e ser ordenhada pontualmente pelas mãos hidratadas com loção Kiehl de Wanda Pudnick.

Uma ocasião que me agrada especialmente é quando os Pudnick têm hóspedes nos fins de semana. Que felicidade para uma criatura intelectualmente depreciada como eu curtir a proximidade dos fabulosos *glitterati* nova-iorquinos: bisbilhotar atores, jornalistas, pintores e músicos, todos trocando ideias e histórias espirituosas, que talvez sejam meio complexas para a turma do galinheiro, mas ninguém dá mais valor do que eu a uma boa matéria publicada na *Vogue* ou a uma canção de Steve Sondheim recém-saída do forno, ainda mais quando é tocada por ele mesmo. Foi por isso que, quando na lista A+ da semana passada foi incluído um roteirista-diretor de cinema com uma extensa lista de sucessos, embora os títulos não me soassem familiares, previ um esfuziante feriado emendado. Quando fiquei sabendo que esse *auteur* às vezes encarnava o protagonista nos próprios filmes, imaginei um cineasta-astro tão grandioso quanto Orson Welles e tão bonito quanto Warren Beatty ou John Cassavetes. Imaginem a minha surpresa quando pus os olhos no três-em-um a que me referi e não vi nem um melancólico gênio cult nem um ídolo da sessão da tarde, mas, sim, uma amebinha míope usando óculos com armação preta e ridiculamente vestido segundo a sua ideia de *rural chic*: tweed e lã da cabeça aos pés, boné e cachecol, pronto para encontrar duendes. Logo de saída, o indivíduo se revelou um babaca, reclamando com todo mundo das informações confusas que obrigaram o motorista particular a perder horas andando em círculos numa faixa de Möbius, vituperando contra o preço dos pedágios e os efeitos imprevistos dos ácaros nas suas adenoides precárias. Finalmente, ouvi quando ele pediu que pusessem uma tábua de madeira debaixo do colchão, considerado demasiado macio para acomodar uma coluna vertebral a caminho da osteoporose. O sr. Pudnick lembrou-se de que David Mamet mencionara ter mudado o seu voo ao saber que tal pessoa viajaria no mesmo avião. Devo acrescentar que as lamentações incessantes do sujeito eram expressas numa espécie de zumbido anasalado, que também se fazia presente nas suas piadas constantes: uma enxurrada letal de anedotas destinada a despertar admiração, mas que produzia em todos ao alcance da sua voz um silêncio sorumbático.

    O almoço foi servido no gramado, e o nosso amigo, cuja franqueza cresceu graças a um certo sr. Glenfiddich, passou a cortejar assuntos sobre os quais não entendia bulhufas. Citou equivocadamente La Rochefoucauld, confundiu Schubert com Schumann e depois atribuiu a Shakespeare a frase "Nem só de pão vive o homem", que até eu sabia ser do Deuteronômio. Corrigido, tornou-se impertinente e propôs uma queda de braço à anfitriã para provar que tinha razão. No meio do almoço, o chatonildo insuportável deu uma batidinha no copo para chamar a atenção e depois tentou puxar a toalha da mesa sem derrubar a louça. Desnecessário dizer que a façanha revelou-se um baita holocausto, arruinando para sempre ao menos um vestido J. Mendel e catapultando uma batata assada no entresseio de uma morena elegante. Depois do almoço, flagrei-o empurrando a bola de croquet com o pé, supondo que ninguém estivesse olhando.

Conforme o acúmulo de puro malte cobrava seu preço dos vasos capilares do farsante, ele investiu com a voz arrastada contra os críticos de Nova York por não terem considerado o seu último filme, *Louis Pasteur enfrenta o lobisomem*, merecedor de honrarias. A essa altura, o sujeito já começara a dar em cima das boazudas e, agarrando a mão de uma das atrizes presentes com a sua pata de roedor, sussurrou: "Sua sirigaitazinha, deduzo pelas maçãs pronunciadas do seu rosto que você tem sangue cherokee." O tato em pessoa, a mulher conseguiu resistir ao impulso de prender-lhe o nariz com os dedos e girá-lo várias vezes no sentido anti-horário até ouvir um ruído de catraca.

Foi nesse momento que decidi matá-lo. Afinal, será que o mundo iria realmente sentir falta desse enfatuado supositoriozinho, com sua autoconfiança afetada e sua emética fofura? De início, pensei em pisotear o percevejo míope, mas achei que o cumprimento adequado da tarefa demandaria mais umas duzentas cabeças para de fato surtir efeito. Não existiam nos arredores penhascos rochosos contra os quais imprensar o patife com um leve meneio das ancas e lançá-lo das alturas. Então me ocorreu. Houvera menção a um passeio ao ar livre, e todos estavam ansiosos para participar. Todos, com exceção de um certo homúnculo melindroso, que surtou como Duse ante a ideia de se ver no mato entre carrapatos e hera venenosa. Optou por ficar no quarto e dar telefonemas para checar os lucros do novo filme, que a *Variety* dissera ter apelo limitado e sugerira que estreasse na Atlântida. Meu plano era entrar na casa, atacá-lo pelas costas e estrangular aquele furúnculo tagarela com uma faixa. Na ausência de todos, o crime pareceria à polícia ter sido obra de um vagabundo qualquer. Passou pela minha cabeça a ideia de plantar uma digital pertencente a Dropkin, o faz-tudo que no passado dera aos Pudnick um daqueles diagramas com o esboço de um corpo como o meu, mostrando onde ficavam os melhores cortes de carne.

Às quatro da tarde, fui até o curral e fiz questão de que as galinhas me vissem. Desfilei lentamente diante do estábulo, balançando o sino em volta do pescoço para reforçar um álibi. De lá, caminhei como quem não quer nada até os fundos da casa. As portas estavam trancadas e precisei entrar por uma janela, causando estragos numa mesa próxima que servia de apoio para dois abajures Tiffany. Subi na ponta dos cascos a escada, escapando por um triz de um flagrante quando Penúria, a criada, veio pelo corredor carregando toalhas limpas, mas rapidamente colei o corpo na parede, e ela passou sem me ver. Entrei sorrateiramente no quarto da minha pretendida vítima e esperei que ela voltasse da cozinha, onde se encontrava assaltando a geladeira em busca de sobras do almoço. Sozinho ali, esse indivíduo abominável montara um caríssimo sanduíche de esturjão e beluga, lambuzando o pão com um tsunami de cream cheese, voltando depois para o quarto, no andar de cima. No meu esconderijo, o armário mais perto da cama, uma angústia existencial me engolfou. Se Raskolnikov tivesse sido uma criatura bovina, uma Holandesa, digamos, ou quem sabe uma Longhorn do Texas, o final da história seria diferente? De repente, ele entrou no quarto, segurando o lanchinho numa das mãos e um Porto *vintage* na outra. Com a maior discrição que me foi possível, fechei com o focinho a porta e em silêncio me postei atrás do malfadado, apertando a faixa — tarefa não muito fácil para uma criatura sem polegares opositores. Bem devagar, levantei a faixa e me preparei para passá-la ao redor da garganta da vítima e sufocar o sopro da vida desse salivante pigmeu de óculos.

Subitamente, quis o destino que o meu rabo ficasse preso na porta do armário e que eu deixasse escapar um som grave e alto, um mugido, a bem dizer. Nesse momento, ele se virou e os nossos olhos se encontraram: os dele, em formato de conta e dardejantes, os meus, grandes e castanhos. Vendo-me sobre as patas traseiras e prestes a matá-lo, o safado emitiu um balido agudo não muito diferente de uma nota específica alcançada pela soprano Joan Sutherland na gravação da Decca de *Siegfried* que pertence aos Pudnick. O som alertou os hóspedes no andar de baixo, que tinham voltado quando começara a chover. Entrei em pânico e corri para a porta do quarto, tentando empurrar com o corpo o apavorado bexiguento janela abaixo antes de fugir às pressas. Enquanto isso, o danado tirou do bolso o spray de Mace que leva para todo lado, o que não é de espantar, considerando-se a quantidade de inimigos que sem dúvida deve fazer. Tentou borrifar a minha cara, mas conseguiu apenas borrifar o próprio rosto enrugado. A essa altura, todo mundo da casa estava subindo a escada. Com a astúcia de uma raposa, agarrei uma cúpula de abajur, botei-a na cabeça e fiquei imóvel enquanto os outros transportavam a pústula gemente porta afora, a enfiavam num SUV e partiam para o hospital mais próximo.

Boatos mais recentes que correm no curral dão conta de que ele matraqueou incoerentemente durante todo o percurso e que nem mesmo as duas noites de internação no Bellevue conseguiram fazê-lo recuperar o juízo. Sei que os Pudnick o tiraram dos seus BlackBerrys e jogaram gasolina no número do seu telefone, ateando fogo. Para resumir, o sujeito é hoje não só um parasita social, mas também um paranoico delirante, que não para de falar sobre uma tentativa de homicídio cometida por uma vaca Hereford.

Park Avenue, andar alto, vende-se urgente — ou Pula-se no vazio

— ACABEI DE TER UMA ideia genial — hiperventilei, quando a luz da minha vida entrou pela porta da frente afogada em sacolas da Hermès, com os cartões de crédito ainda quentes de tanto serem friccionados. — Que tal pegarmos um táxi para o Brooklyn, irmos ao Peter Luger e nos regalarmos com um baita filé marmorizado? Passei o dia com água na boca só pensando num daqueles suculentos *sirloins*, sem falar nos tomates, nas cebolas e nas batatas fritas. Se o trânsito na ponte Williamsburg engarrafar, podemos descer e fazer o resto do caminho correndo.
— Poupe a sua adrenalina — retrucou a amada imortal, me obrigando a pisar no freio. — Comprei dois filezinhos de arraia no Escamas e Entranhas, no centro. Pensei em acompanhar com purê e alcaparras frescas e abrir aquele vinho esquimó que compramos no eBay.
Dando o assunto por encerrado por decreto imperial, ela pôs mãos à obra para preparar um banquete centrado numa velha receita de família que inclui um molho facilmente confundível com mucilagem.

— Não fique me olhando aí parado — ladrou a dona da casa, dirigindo-se a mim como se eu fosse um recruta em Parris Island. — Você desembrulha o peixe enquanto eu fervo a água para tirar o gosto.

Com a consciência de que um filé-mignon parrudo e o seu elenco de apoio seriam sublimados num *haicai* de pungência insuportável, comecei a abrir o invólucro feito de folhas descartadas do *Daily News* que continha o prato principal semelhante a um morcego comprado pela minha mulher. Meus olhos, agora tão cheios de lágrimas quanto os de Níobe, flagraram ali uma matéria de interesse mais que rotineiro.

Aparentemente a mansão de Mike Tyson estava à venda, e o feudo do campeão nada ficava a dever a Xanadu. Abrigava dezoito quartos de hóspedes para quando, suponho, dois times de beisebol aparecessem sem avisar. Tinha 38 banheiros, já que Tyson, ao que tudo indica, não gosta de esmurrar a porta gritando "Vai ficar aí pra sempre?", além de sete cozinhas, uma cascata, uma casa de barco, uma boate, uma academia enorme e um baita teatro. Começaram pedindo 21 milhões, e das duas uma: ou o comprador era um mestre na arte da hipnose ou à propriedade faltava algum item essencial, tipo um silo de mísseis, porque conseguiram reduzir os 21 milhões para modestos quatro.

A matéria funcionou como uma madeleine de Proust, me trazendo à memória um episódio *affreuse* que vivi envolvendo questões imobiliárias, no qual as cifras não chegavam a tais alturas, embora, em dado momento, minha pressão arterial tenha subido a ponto de acionar os sprinklers anti-incêndio do teto.

A arenga girou em torno do nosso apartamento, que minha mulher concluiu que precisávamos vender porque ela encontrara uma townhouse cuja reforma recente traduzia à perfeição o seu gosto pela Inquisição Espanhola. Se passássemos adiante o nosso *"classic 6"*[1] com alguns malabarismos poderíamos fazer quase uma operação casada, calculou o meu docinho de coco, utilizando uma equação matemática que incluía a constante de Planck.

— A srta. Mako e a sra. Greatwhite, as corretoras imobiliárias, dizem que o nosso apê pode dar uma boa grana — trinou a patroa. — Estão pedindo oito milhões pela casa. Se abrirmos mão de comer, cancelarmos o plano de saúde e sacarmos a poupança para a faculdade das crianças, quem sabe não conseguimos dar a entrada?

Meus dedos apertaram com força o atiçador de lareira enquanto os olhos da minha parceira brilhavam nas órbitas como os de Mahdi. Nitidamente, estava decidida a se mudar e, assim como Hitler sem dúvida parecia aos observadores quando esfregava as mãos contemplando o mapa da Polônia, ela me importunou e pressionou até que concordei em oferecer o nosso ninho espaçoso a qualquer um com dez milhões de verdinhas para gastar.

— Não esqueçam — avisei às duas harpias da corretagem. — Não posso sequer pensar em comprar a casa nova até vender o apartamento.

---

1 Apartamento construído antes da Segunda Guerra (*classic*) com acabamento refinado e aposentos espaçosos, composto de seis cômodos principais: sala, sala de jantar, dois quartos, cozinha e um quarto de empregada reversível, contando também com dois banheiros. Atualmente, esse tipo de apartamento é encontrado sobretudo no Upper East Side. (N.T.)

— Claro, Ignatz — disse a corretora com a barbatana dorsal maior, afiando a terceira fileira de dentes com uma limadora Stanley.

— Eu não me chamo Ignatz — rebati, freando aquela familiaridade incômoda.

— Lamento — desculpou-se ela —, para mim você tem cara de Ignatz. — Dando uma piscadela e um sorrisinho para a comparsa, acrescentou: — Vamos anunciar o apartamento por quatro milhões. Podemos reduzir, se for o caso.

— Quatro milhões? — guinchei. — Ele vale oito, no mínimo.

Mako me avaliou com a argúcia astuta de um médico-legista.

— Deixe o conto do vigário por nossa conta — atalhou a criatura. — Continue tentando solucionar o Cubo Mágico e logo você bota no bolso a bolada para se mudar para o novo endereço, e ainda vão sobrar uns trocados para instalar água encanada.

Eu não tinha calculado nenhuma benfeitoria ao elaborar um orçamento, mas ficou claro que a minha cara-metade estava decidida a fechar um acordo que todos achavam que se cumpriria em futuro próximo com a comercialização dos meus rins no mercado paralelo. A sra. Barracudnick, a corretora da casa, explicou à minha mulher que, como havia outros interessados competindo pela compra da townhouse vintage, seria prudente fazer um lance inicial, bem como sugeriu uma cifra que seria dinheiro miúdo para qualquer príncipe saudita. Optei por me fazer de durão, mas conforme as semanas iam passando sem que nenhum potencial comprador aparecesse para visitar o apartamento, minha mulher começou a aumentar a sua dose de Xanax.

— É melhor baixarmos o preço — disse ela. — A srta. Mako disse que a nossa chance de passar adiante o apartamento seria maior se não pedíssemos uma quantia tão exorbitante.

— Eu não chamaria quatro milhões de exorbitante. Pagamos dois há dez anos — expliquei.

— Dois milhões pela toca do sr. Sapo? — protestou a sra. Greatwhite, enxugando minha última garrafa de Jim Beam. — Vocês deviam estar chapados.

Entendendo, finalmente, os motivos de Jack, o Estripador, baixei o preço para três milhões e fiquei eufórico com o fato de aparecerem alguns interessados: um casal russo que achou que o preço era trezentos dólares e um cavalheiro que trabalhava para o Ringling Brothers como aberração circense, o qual, segundo me foi dito enfaticamente, jamais seria aceito pelo conselho dos condôminos. Enquanto isso, a sra. Barracudnick afirmou que o interesse na townhouse aumentara subitamente e uma celebridade estava prestes a fazer uma proposta.

— Acabaram de dar um lance na casa que vocês querem. Josh Airhead, o ator, quer comprá-la. Dizem as más línguas que ele está amadurecendo a ideia de juntar os trapos com a Jennifer Strupicius. Se realmente querem o imóvel — alertou Barracudnick, com uma risadinha sádica —, vale a pena cobrir a oferta dele.

— Mas ainda não vendemos o apartamento — guinchei como Madame Butterfly.

— Peçam um empréstimo-ponte — sugeriu a corretora com um sorriso que Fausto reconheceria sem dificuldade. — Tenho contatos numa financeira. Só até vocês se livrarem do elefante branco.

— Elefante branco? Empréstimo-ponte? Se a gente conseguisse ao menos dois e meio por ele... — gemi.

— Ou mesmo o que pagamos — interveio a patroa, quase sugerindo que doássemos o imóvel à prefeitura para ser transformado em centro de parto normal assistido e descontássemos a doação do imposto de renda.

Com sacrifício missionário, o sr. Vigorish, da Financeira Mata e Esfola, puxou do meu braço a seringa e esfregou a artéria com um algodãozinho embebido em álcool.

— Aperte o local — disse ele. — Para não ficar com um hematoma. Só tirei um pouquinho. Por conta.

— Dezenove por cento não é um pouco exagerado? — resmunguei. — Sobretudo nesta crise econômica?

— Olhe só: os agiotas em Jersey cobram vinte e cinco e aleijam você se atrasar a bufunfa. A gente fica com uma reserva como garantia.

Satisfeito por ter conseguido uma boa barganha e orgulhoso por me recusar a dar uma das minhas filhas como fiança, assinei o contrato enquanto Vigorish observava com atenção lupina o que sem dúvida parecia aos seus olhos uma porção de costeletas de cordeiro usando paletó Ralph Lauren.

— Agora temos duas casas — bali para a minha mulher, tirando do bolso a cápsula de cianureto que o meu contador me dera para o caso de as coisas tomarem precisamente esse rumo.

— Tenho certeza de que podemos nos livrar dessa ratoeira — garantiu a srta. Mako, tentando me consolar. — Talvez baste apenas mais uma redução e, quem sabe, incluir a mobília no preço.

Vislumbrando a falência e imaginando passar os nossos anos dourados dormindo em pedaços de papelão, baixei o preço mais e mais. Enquanto isso, carpideiros reclamões esquadrinhavam o nosso lar, avaliando cada tábua do assoalho e cada sanca antes de desaparecerem para sempre nas várias versões dos oito milhões de histórias da cidade nua. Então, um dia, quando eu indagava numa loja de penhores quanto valia o meu marca-passo, nossas duas corretoras carnívoras levaram ao imóvel um janota cinquentão. Nestor Granafacilis tinha a energia empresarial de um Mike Todd e a boa-pinta continental de um Cesar Romero. Seu interesse pelo nosso apartamento parecia genuíno, já que ele voltou várias vezes com arquitetos e um decorador. Pude ouvi-los confabular, enquanto conspiravam a remoção de paredes, a instalação de banheiros, de uma sala de ginástica, de uma adega. De vez em quando, me lançavam um olhar de esguelha e numa das vezes ouvi Granafacilis sussurrar:

— Engraçado como certas pessoas moram. Dariam ótimos objetos de estudo para Margaret Mead. Claro que, antes de mandar a equipe tocar em alguma coisa, vou providenciar uma dedetização.

Sabendo ser melhor evitar riscos desnecessários à minha solvência, deixei passar o comentário sem aniquilar o trio com um golpe da minha língua carmim. Afinal, Granafacilis era rico, um banqueiro com credenciais impecáveis, um sujeito distinto. Em suma, um condômino ideal. Nosso condomínio, que costumava limar os candidatos a moradores com a mesma compaixão do dr. Mengele, não conseguiria encontrar defeito nesse homem, e cheguei mesmo a imaginar que ele pudesse ser membro honorário da Crânio e Ossos, sociedade secreta da Universidade de Yale, da qual também faz parte o novo presidente do conselho de condôminos, o sr. L.L. Beanbag.

Os outros conselheiros, em geral rígidos jacobitas, sem dúvida se derreteriam sob o charme de Granafacilis. A sra. Westnile, do 10A, Atilla Winerib, proprietário da cobertura, Sam Cavalo Indômito, nosso nativo-americano residente — todos receberiam de braços abertos um vizinho como Granafacilis, cujo pacote financeiro estava coalhado de conglomerados *blue chips* e cujas referências por escrito incluíam as assinaturas de Bill Gates e Kofi Annan. Acredito que tipos mais perspicazes do que Mako e Greatwhite haveriam de farejar algo de estranho ao ler uma referência que dizia "Nestor Granafacilis é um cara legal que não bebe, não joga nem corre atrás de mulheres fáceis. Assinado, Reinhold Niebuhr", mas, convenhamos, sonhos de uma comissão polpuda erodiram a perspicácia de ambas. O relato da entrevista no apartamento de Harvey Nectar, conforme me chegou, embora provavelmente exagerado, foi incrível. Ao que parece, a reunião começou bem. Granafacilis entendeu que era proibido ter animais de estimação e garantiu que não dava festas barulhentas, preferindo viver monasticamente e contar com uma única faxineira, Edema. Herman Borealis, do 5D, provocou jocosamente Granafacilis a respeito de Yale, já que Borealis era ex-aluno de Harvard, mas veio à tona, por acaso, que ambos usavam cuecas Zimmerli. O encontro estava prestes a se encerrar quando do corredor veio uma barulheira.

— Abram, é o FBI! — trovejou uma voz, enquanto um aríete derrubava a porta. Granafacilis congelou quando uma falange de agentes federais invadiu o local.

— É ele! Não deixem que escape! — gritou um agente com colete à prova de bala. — E cuidado! O elemento é procurado por assalto à mão armada.

Granafacilis subiu no piano, trombando com Sam Cavalo Indômito e derrubando a peruca do índio arapaho. Apócrifo ou não, o relato segue dizendo que, durante a captura, tiros foram disparados e algumas balas perdidas alvejaram o retrato da esposa de Harvey Nectar, Bea, fantasiada de Hera. Não foi senão seis meses depois que vendi o meu apartamento para uma família de Quakers por um preço que mal paga os juros do meu empréstimo-ponte, ponte da qual várias vezes já pensei em me jogar.

Franguinhas, que tal sair hoje à noite?

POUCA GENTE BATE A pestana ao ouvir o nome Ernest Harmon Hix, mas, na década de 1920, suas tiras semanais no velho *Tribune* em nada ficavam a dever às do grande Robert Ripley em termos de garimpagem e ilustração de uma extensa variedade de sutilezas da vida. "Por incrível que pareça", a coluna diária de Hix, regalava o leitor com curiosidades indispensáveis, como "Luís IV só tomou banho aos setenta anos", enquanto o "Acredite se Quiser", de Ripley, talvez contribuísse para a nossa admiração do cosmos com gemas do tipo "Uma pedra de granizo caiu no Texas com uma carpa dentro". Os dois disputavam entre si, explorando o bizarro em troca de muitas verdinhas e imensa popularidade, e, se estivessem vivos hoje, só poderiam ser desafiados pelas deliciosas bizarrices que esporadicamente aparecem no *Huffington Post*. Deparei-me com um desses textos excêntricos no meu iPhone enquanto esperava o chef de um restaurante da Broadway eliminar quaisquer traços de sabor do bolo de carne que eu pedira. Levava o título de "Banda de galinhas arrasa no teclado" e descrevia um grupo musical composto exclusivamente de galinhas, chamado The Flockstars, que executava músicas bicando um teclado. O dono do galinheiro onde essas *hipsters* emplumadas faziam sucesso contou ao repórter que a sua intenção havia sido prover alguma distração para as galináceas. "Os criadores de galinha, principalmente no inverno", explicou ele, "procuram antídotos para o tédio a fim de entretê-las". A ideia de um terreiro cheio de criaturas de penas ciscando para lá e para cá, lutando em vão contra o velho *ennui* me comoveu ao extremo, e a essa altura me lembrei de Harvey Grossweiner, que tem uma história que merece ser por ele mesmo apresentada *ipsissima verba*.

Recebi um telefonema hoje do meu agente Toby Munt, da Parasitas Associados, que tentou suavizar com loas à minha genialidade o golpe que sofri por ter perdido o papel principal junto a Cate Blanchett em *Ossário de Parma*.

— E não teve nada a ver com o seu ceceio bilateral — me garantiu Munt —, embora, na condição de seu agente, eu tenha ficado meio ressentido quando soube da comparação com o gato Frajola. A boa notícia é que o diretor inglês Royal Wattles gosta do seu estilo e demonstrou um interesse genuíno pelo seu polegar, caso consiga um dia surrupiar uma grana para fazer a refilmagem de *A Besta dos Cinco Dedos*. De todo jeito, garoto, estou na correria. Vou à casa de Davey Geffen. Ele está reformando o closet e quer saber se eu tenho onde pôr uns El Grecos, senão vai jogar todos fora. *Ciao*.

Dito isso, ele desligou, me deixando tempo para calcular precisamente quantos dias leva para um humano da minha estatura e do meu peso se alimentando exclusivamente de Cheez Doodles e água da torneira sumir do planeta.

Caprichosa é a vida do ator dedicado, e embora o meu desempenho como Waffles mês passado em *Tio Vânia* tenha recebido um comentário bacana na *Aficionado*, a revista de charutos, ninguém está fazendo fila na minha porta. Claro que me dei conta décadas atrás, quando optei pela vida de ator em vez de uma sinecura confortável a bordo do caminhão de dedetização do meu pai, de que passar a vida dependendo de testes para o palco podia muito bem envolver desnutrição. Por isso, quando o telefone tocou semanas atrás e ouvi a voz em geral sorumbática de Munt borbulhando de otimismo, meu coração engrenou uma terceira.

— Finalmente boas notícias — cricrilou ele no meu ouvido.

— Não me diga que aquele troço do Spielberg vai sair — me aventurei, cruzando os dedos.

— Não, Steven ainda está naquele ano sabático no exterior para assessorar a Knesset — respondeu Munt.

— Então o que é? O musical de Dermot Crutchley sobre o esmegma recebeu sinal verde?

— Não, nem uma coisa nem outra. Trocando em miúdos, um farsante ligou para cá procurando um indivíduo multitalentoso para um projeto específico. Queria alguém tipo Hugh Jackman, só que mais bonito e mais charmoso.

— Que tipo de projeto? — perguntei. — Um filme? Uma peça? Eu odiaria ficar amarrado um tempão a uma série de TV. Ainda assim, se for aquela minissérie da HBO sobre o ano que Einstein passou com a banda Basie...

— Não sei ao certo qual é a premissa — respondeu Munt. — Na verdade, não tive tempo para discutir os detalhes. Lembro que ele disse alguma coisa sobre galinhas.

— Galinhas? — repeti em resposta.

— Não posso falar agora. Estou atrasado para um almoço com a Meryl, que ficou bolada com uma proposta para interpretar Arafat. De todo jeito, fale com ele, garoto, e você rapidinho pega o espírito da coisa.

A despeito de uma leve tensão na minha escápula esquerda, o que no passado costumava indicar o início de um colapso nervoso, na manhã seguinte me vi a caminho de uma granja a umas boas três horas de distância da Rodeo Drive. O dono, Al Capon, um modesto magnata da produção de ovos cuja fortuna aumentava e diminuía de acordo com cada novo estudo sobre colesterol, me estendeu a mão rechonchuda e soprou na minha direção uma baforada do charuto panatela.

— Então, você é Grossweiner — falou, me olhando de alto a baixo.

— Ao menos quando me olhei no espelho da última vez foi quem eu vi — gracejei com naturalidade, me esforçando para derreter um pouco do gelo da sua sisudez, mas aparentemente a minha tirada passou voando por cima da cabeça dele como um míssil Scud.

— Por acaso não vi você na TV vendendo trituradores de cenoura? — perguntou ele, passando então a me questionar de um jeito não muito diferente dos interrogatórios dos dezembristas pela polícia do czar.

— Dediquei toda a vida a Thalia e Melponeme — expliquei, empolgado, sentindo que o sujeito pretendia brincar de gato e rato e fingir ignorar o meu histórico teatral a fim de ficar numa posição superior para negociar. — Sou um ator consumado, já fiz Shakespeare e os gregos, além de Pinter, é claro. Mas o meu talento é eclético. Dizem que canto bem e, embora não seja um Fred Astaire, me viro no sapateado. Estudei no Actors Studio. E cumpri a minha cota como mestre de cerimônias em bar--mitzvahs quando devia aluguel. Além disso, posso estrelar uma noite de monólogos de Noël Coward.

— Aqui criamos galinhas — emendou ele. — Você se dá bem com galinhas?

— Galinhas... Sim, o meu agente, Toby Munt, mencionou qualquer coisa sobre galinhas. Ele não sabe ao certo em que contexto.

— Preciso de alguém para distrair as galinhas — disse Capon.

— Hã-hã — assenti. — E com distrair o senhor quer dizer...

— Veja bem, o cidadão comum não entende que as galinhas se entediam facilmente. Ainda por cima nos meses de inverno.

— Eu... Eu mesmo não tinha pensado nisso — gaguejei.

— As galinhas precisam de distração, do contrário não põem ovos, e é graças aos ovos que dirijo uma Lamborghini. O fato é que preciso de alguém para mantê-las focadas, de modo que as cacarejadoras continuem produzindo os preciosos ovoides. O trabalho paga quinhentos pilas por semana. Topa ou não topa, palerma?

No clássico *film noir O beco das almas perdidas*, Stanton Carlisle finalmente desce tanto que acaba como uma aberração de circo, cuja especialidade é comer uma galinha viva. Não estou dizendo que o meu ato de mercenarismo artístico fosse tão horripilante, mas, no dia seguinte, depois de me convencer de que esse emprego, na verdade, era menos embaraçoso do que o meu primeiro papel fazendo uma voz em *off* na versão para marionetes de *Os seis que passaram enquanto ferviam as lentilhas*, juntei vários adereços de palco e me dirigi até um certo galinheiro. Lá, enfrentei uma plateia caótica de galinhas e galos exaustos, supostamente atrás de diversão. Wyandottes, Legornes, Rodes e Gigantes de Jersey andavam para lá e para cá sem rumo, tentando conviver com o tédio existencial. Empunhando uma escumadeira, comecei com "Put On a Happy Face", de *Bye Bye Birdie*, e em seguida passei a dançar *cakewalk* cheio de animação, ao som de "At Georgia Camp Meeting". Quando o pot-pourri não conseguiu empolgar a galera, optei por uma seleção mais melosa, escolhendo "Sonny Boy", o infalível causador de lágrimas de Jolson, enquanto afagava um galinho no meu colo como se fosse o filhinho adorado. Infelizmente, o galo se mostrou temperamental. Agitando as asas e guinchando, com zero disposição para cooperar, acabou estragando qualquer tentativa de criar um clima. Percebendo estar diante de uma plateia pachorrenta, fiz alguns bons truques com cartas e depois uma levitação do tipo das que Howard Thurston tornou famosas no Teatro Hippodrome, em Baltimore. Nada disso, porém, foi capaz de animar o apático júri aviário. Quando não chamei atenção com a imitação de Peter Lorre recitando "Jaguadarte", de Lewis Carroll, fiquei frustrado e me vi fazendo algumas hostis alusões a churrasqueiras. Um bate-papo esperto com o meu boneco de ventríloquo, Yitzhork, fluente em iídiche, não funcionou a contento e tenho quase certeza de que quando a cabeça dele deu um giro completo, algumas franguinhas mais novas ficaram assustadas. Àquela altura, o suor do fracasso já começara a brotar na minha testa, enquanto eu implorava uma derradeira vez a aprovação de alguns Plymouth Rocks com a execução de "Cherokee" no teremim, o que se revelou igualmente inútil. Então, quando tudo parecia perdido, lembrei de um artigo sobre um visionário que motivava galinhas ensinando-lhes como tocar música e me perguntei se haveria uma ideia similar que pudesse dar certo comigo. Talvez teoria e harmonia estivessem além da minha capacidade docente, mas a arte cênica era a minha praia. Se foi possível ensinar a galináceas como tocar num teclado, sem dúvida seria possível treiná-las para bicar numa Smith-Corona. No dia seguinte, levei para o trabalho a minha máquina de escrever portátil e, botando um grão de milho nas teclas, logo consegui fazer as galinhas encherem rapidamente folhas de Corrasable Bond com a urgência de repórteres com prazos a cumprir. De início, era tudo ininteligível, lógico, mas com o passar dos dias e a prática, percebi uma atenção maior com a trama e os personagens, e foi precisamente assim que nasceu o Galinheiro da Broadway. O resto da história vocês já conhecem; o contrato com a Warner's, os quatro Globos de Ouro e o Oscar que ganhei com o papel de Jasper Weems, o rebelde que desiste da carreira de neurocirurgião para virar ovoscopista. Soube agora que essas mesmas autoras emplumadas estão escrevendo uma continuação, um musical, em conjunto com alguns membros de outro grupo que, dizem, compôs uma partitura fantástica no teclado. Pena que nem Ripley nem Hix estejam vivos para ver todos esses bicos em ação.

Que o avatar verdadeiro se identifique, por favor

SUPONHO QUE DEUSES EM forma humana possam aterrissar na esfera azul de quando em vez, mas duvido muito que algum deles tenha um dia desfilado na Rodeo Drive a bordo de um T-Bird com o *aplomb* e a boa-pinta de Warren Beatty. Lendo *Star*, a nova biografia escrita por Peter Biskind, é impossível não ficar impressionado com as incríveis realizações do ator. Basta pensar nos filmes, nos lucros, nas críticas, nos Oscars, nas inúmeras indicações para prêmios desse artista polivalente, leitor voraz e mestre de marketing, que é ágil num Steinway, experiente nos meandros da política e um Adônis em tempo integral, com elogios brotando dos mais variados segmentos que acreditam que o seu lugar seja não apenas na telona, mas na Sala Oval. Mais espetaculares do que um currículo hollywoodiano que deixaria Orson Welles humilhado são as famosas façanhas do astro debaixo dos lençóis. Ali estão contados os inúmeros casos de amor, com mulheres de todo tipo, tamanho e posição social, de atrizes a modelos, de recepcionistas a primeiras-damas. Aparentemente, esse infinito leque de beldades dava o dente da frente para pular na cama com esse virtuoso dos lençóis egípcios. "Quantas mulheres foram?", indaga o autor. "É mais fácil contar as estrelas no céu [...] Beatty costumava dizer que não conseguia dormir à noite sem ter transado. Fazia parte da sua rotina, como escovar os dentes [...] Descontados os períodos que ele passou com a mesma parceira, podemos chegar ao número aproximado de 12.775 mulheres." Como um mendicante que ainda não alcançou a casa dos dois dígitos no que tange a levar para a cama o sexo oposto — e até nessas parcas conquistas precisei do auxílio do meu Hypno Disk —, não pude deixar de imaginar o seguinte relato ao Guinness do deslumbre de uma garota. Prefiro, porém, deixá-la contar em primeira mão:

Que manhã. Precisei de dois Valiums para acalmar as borboletas, moscas e mariposas que usavam o meu estômago para praticar manobras aéreas. Meu primeiro trabalho efetivo de repórter, e me dão logo essa oportunidade fantástica! Por que razão o ator mais carismático de Hollywood, Bolt Upright, que renega os holofotes *à la* Howard Hughes, daria uma entrevista a uma garota desconhecida de 19 anos de cabelo louro chanel, pernas longas bronzeadas, maçãs do rosto da dinastia Ming, uma belíssima prateleira de cima e uma dentucinha que cria o caos na turma que nasceu com o cromossomo Y? Se esse Casanova da Califórnia tem qualquer pretensão de se dar bem comigo, como fez com miríades de pobres desmioladas deslumbradas que ele comeu, pode tirar o cavalinho da chuva. Meu objetivo de vida é o jornalismo sério, e francamente prefiro ter um papo olho no olho com Joe Biden ou com o Dalai Lama, só que esses figurões famosos jamais me escreveram de volta, ao passo que Bolt, que casualmente me viu mês passado na página central da *Playboy* que exibiu as alunas de jornalismo mais saradas da Columbia, não apenas respondeu, como também fez isso em papel perfumado.

Só para garantir que a sua libido de escala industrial não o levasse a ter uma falsa impressão, fiz questão de me vestir de um jeito conservador, numa microssaia recatada, meia-calça preta e uma blusa transparente colante, mas de bom gosto. Disfarçando os meus lábios, que são um bocado carnudos e sensuais, com uma discreta sugestão de batom vermelho-rubi, me senti suficientemente desenxabida para desestimular quaisquer avanços que o sr. Testosterona pretendesse fazer para cima de mim. Tudo isso deixou o meu namorado meio apreensivo, mas ele sabe que não há nada com o que se preocupar, a despeito do fato de que homem algum, nem mesmo um roedor como Hamish, tem cacife para competir com o maior garanhão da Lotusland.

Estacionei na frente da casa de Bolt Upright em Bel Air, que é modesta para o padrão da vizinhança, construída à semelhança do Parthenon com alguns floreios arquitetônicos copiados da Notre-Dame e da Ópera de Sydney. Bolt, que não só atua como escreve, dirige e produz, tinha acabado de lançar o seu último filme, *Réquiem para um pedinte*, aplaudido pela crítica. Ele goza de total liberdade artística e foi rotulado de gênio cinematográfico, tanto pela *Variety* quanto pelo *Diário do Avicultor*. Um magnata de Hollywood disse: "Se esse cara quiser botar fogo no estúdio, eu mesmo forneço os fósforos." Ironicamente, quando ele tentou, chamaram os seguranças.

Quando estacionei, notei várias jovens atrizes saindo pela porta da frente, rindo, os rostos irradiando saciedade.

— Estou vibrando — disse a morena. — Ele fez amor comigo enquanto acompanhava a si mesmo no piano.

— Só sei que cheguei antes da hora — falou a ruiva. — Recebi uma senha e esperei a minha vez. Quando me chamaram, fizemos sexo uma, duas, três vezes. Só me lembro de acordar na sala de recuperação com uma enfermeira me dando um chá.

Toquei a campainha e o elegante mordomo continental, Hock Tooey, de paletó branco, abriu a porta para mim. A decoração é decididamente masculina, com lambris escuros revestindo as paredes do escritório, cheias de fotos autografadas de mulheres idólatras. Atrizes e modelos ficam no nível dos olhos do observador, enquanto mais acima figuram deputadas e senadoras, âncoras de TV e Golda Meir num tapete de pele de urso. A fileira inferior é reservada às dentistas, às aeromoças e a um grupo de mulheres de um leprosário com os olhos marejados de gratidão. Vi também alguns objetos decorativos, como um par de algemas de ouro na mesinha de centro, presente de Margaret Thatcher. O bem de que o astro mais se orgulha, me disseram, é o Rolex gravado que ele ganhou da Madre Teresa no Dia dos Namorados.

Enquanto passava em revista essas coisas, senti de repente duas órbitas incandescentes esquadrinhando a minha anatomia e, quando me virei, vi a atração número um das bilheterias americanas analisando as minhas calipígias.

— Belas pernocas — disse ele, com o olhar grudado nelas.
— Nitidamente, você malha. Está interessada num aperitivo? Para lubrificar o abdome? — Ele era deslumbrante. Não espanta que o pessoal que cuida do seu cabelo e da maquiagem tenha

recebido o prêmio humanitário Irving Thalberg. — As vibrações que me chegam desse tom de batom Revlon e do toque sutil do Anaïs que você está usando me dizem que o seu drinque preferido é um Martini de vodca com uma gotinha de limão. Acertei? — perguntou.

— Como você adivinhou que sou doida por essa mistura específica? — indaguei, enquanto uma primitiva sensação de tesão tinha início na base da minha medula.

— Chamemos de intuição. Digamos que percebo os mais profundos desejos de uma mulher. Por isso sei que o seu poema predileto é "Recuerdo", que o seu pintor predileto é Caravaggio e a sua música predileta é "Goofus".

— A *Variety* tem razão — falei. — Você parece um Alain Delon moço.

— Só porque estou me recuperando de uma virose estomacal — emendou ele, me entregando a bebida. — Na verdade, meu modelo de visual é o *Davi* de Michelangelo.

Quando ele atendeu o telefonema de alguém, consegui ouvir o suficiente da conversa para saber que se tratava de um dos comparsas políticos de Bolt. O astro, cuja argúcia e sagacidade não se limitam à criação de obras-primas de celuloide, também é reconhecido como o ardiloso mestre titereiro por trás das nossas mais altas autoridades governamentais. No caso, tratava-se de uma consulta por parte de alguns dos principais democratas interessados em vetar uma mulher para um cargo no Ministério da Justiça, e a ligação era para checar com Bolt se ela estava mentindo sobre a localização do seu ponto G.

— Adorei a sua versão de *Macbeth* para o cinema — comentei quando ele desligou. — Você chegou a resolver aquela questão com a Associação sobre a autoria do texto?

— Thurston Lamphead, meu advogado, discutiu o assunto com todos aqueles babacas reclamões de Stratford-upon-Avon — respondeu Bolt. — Finalmente foi feito um acordo de coautoria.

Enxugando as últimas gotas do meu segundo Martini, tirei da bolsa o bloco e o lápis e ajustei a liga, torcendo para que ele não visse.

— Vou direto ao que interessa — avisei. — Como você consegue ser tão produtivo artisticamente e ainda achar tempo para ir para a cama com esse monte de mulheres?

— No início foi difícil — confessou ele. — Não era propriamente o sexo que interferia nos meus horários. Era o depois: o cigarrinho pós-coito e o papo furado. Quando me ocorreu que eu podia contratar alguém para me substituir no chamego, tudo mudou. Não ter que ficar deitado ali ouvindo aquela baboseira lacrimosa sobre como a terra tremeu, blá, blá, blá, me deu liberdade para me dedicar aos roteiros e desenvolver novos conceitos pioneiros.

Justo então, Hock Tooey entrou para avisar que acabara de chegar um ônibus de Seattle com um grupo de jovens donas de casa de classe média, aparentemente vencedoras de algum concurso.

— Leve-as lá para cima — orientou Bolt. — Peça que tirem a roupa toda e dê um guarda-pó de papel a cada uma. Avise para amarrarem na frente. Já estou subindo.

— E a que você atribui seu extraordinário desejo sexual? — perguntei. — Quero dizer, mais de doze mil mulheres? Às vezes, várias no mesmo dia...

— Basicamente, a minha intenção é prevenir cáries — disse ele. — É como escovar os dentes. Anos atrás, notei que, se vou dormir sem sexo, começo a ter algum desgaste ao longo da linha da gengiva.

— Você deve ser tremendamente habilidoso no *boudoir* — insisti, tentando imaginar por um nanossegundo como seria fazer sexo com um misto de Heathcliff e Secretariat.

— Me experimente — disse ele, tomando-me nos braços e fazendo sinal para a entrada de uma banda de mariachis.

— Tenho namorado — protestei.

— Certo, mas o seu namorado faz isto? — retrucou Bolt, executando uma perfeita cambalhota de costas e aterrissando com um sorriso nos lábios.

— A verdade é que Hamish e eu temos um acordo — sussurrei. — Posso dormir com quem me apetecer e ele fica com o controle remoto.

Quando dei por mim, Bolt estava me beijando e a minha calcinha tinha sido removida via artroscopia. Depois disso, foi tudo um borrão. Lembro de alguém, não sei se Bolt ou o assistente, lambendo a minha orelha. Mais tarde, vim a saber que além de um chamegueiro substituto, Bolt usa um rapaz para o aquecimento, de modo a não ter de perder minutos preciosos com preliminares. Lembro de estar presa entre os braços de Bolt enquanto ele me consumia e, pela primeira vez na vida durante uma trepada, vi fogos de artifício. Hamish ligou para o meu celular nesse momento. Menti e disse que estava trabalhando, mas quando ele perguntou "Estou ouvindo barulho de fogos, você está em Chinatown?", percebi que, sei lá como, ele sabia. Depois do sexo, Bolt me disse quanto a experiência tinha sido especial e que, de todas as suas mulheres, eu era a única pela qual ele nutria um afeto genuíno. Em seguida, me mandaram sentar numa cadeira ao lado de uma janela aberta e ele apertou um botão onde estava escrito "Ejetor de assento". Saí da propriedade com um bocado de rapidez, mas não sem antes ganhar de lembrança um globo de acrílico, no qual estava romanticamente gravado o número 12.989.

Uma leve cirurgia plástica não faz mal a ninguém

> POLÍCIA DA ILHA DE PÁSCOA DIZ QUE TURISTA ARRANCOU ORELHA DE ESTÁTUA
>
> Um turista finlandês foi detido após a polícia afirmar que ele arrancou um pedaço do lóbulo de pedra da orelha de uma das misteriosas estátuas gigantes antigas [...] Um morador contou às autoridades ter testemunhado [...] o turista fugindo com um pedaço da estátua na mão.
>
> *The New York Times*, 26 de março de 2008

COM FREQUÊNCIA AQUELES QUE acreditam em milagres relatam que Harry Houdini subiu ao palco do Victoria uma noite, estalou os dedos e fez com que seis toneladas em forma de paquiderme africano se evaporassem no ar. A fim de não ser superado por esse embusteiro sofisticado, o grande Harry Kellar postou-se indiferente no palco do Hippodrome com um rifle carregado apontado para si, aparando com destreza a bala fatal entre os dentes dianteiros, sem qualquer dano visível à estrutura bucal, salvo talvez algum arranhão no esmalte. Ainda assim, por mais fascinantes que sejam esses efeitos, se a ideia for causar perplexidade, nada supera um número de mágica sobrenatural perpetuado por um homúnculo neurastênico de óculos de armação preta, calvície pronunciada no topo da cabeça e uma presença romântica que se rivaliza à do finado Arnold Stang. Sim, minha gente, somente eu entre todos os feiticeiros posso fazer o meu telefone tocar. Esse *tour de force* de prestidigitação exige meramente que eu me dispa, entre no chuveiro, ajuste a temperatura da água e ensaboe o corpo. É nesse preciso momento, com a inevitabilidade de um solo de harpa num filme dos Irmãos Marx, que o meu código de área e o meu número telefônico serão digitados por algum humano, seja ele ou ela conhecido meu ou tão desconhecido quanto o farsante que ligou de Mombassa e me levou uma grana preta com um esquema de pirâmide financeira. Foi o que aconteceu há seis semanas, quando os pré-requisitos acima mencionados se conjugaram e o raio do aparelho emitiu o seu trinado predestinado, me obrigando a sair nu e pingando água do meu box de vidro e deslizar de cabeça como Pete Rose em direção ao telefone do corredor, receoso de perder algum vultoso benefício financeiro inesperado ou, quem sabe, uma proposta erótica irrecusável.

— Aqui é Jay Butterfat — disse a voz do outro lado da linha. — Peguei você numa hora ruim?

— Imagine! — respondi, reconhecendo o desvio de septo do veterano e importuno agente da Broadway. — Eu estava mesmo sentado ao lado do telefone examinando o seu design notável.

— Ótimo. Vou botar você rapidamente a par de tudo. Estou em Boston com um drama quentíssimo que parece ser o maior fenômeno a baixar na Broadway desde *A morte do caixeiro-viajante*. A coisa só precisa de alguma calibragem para aparar umas poucas arestas. O autor é marinheiro de primeira viagem, um daqueles míopes sensíveis que gritam infanticídio toda vez que lhe pedem para mudar uma linha. Vou acabar internando o cara. O que não é tão fácil de fazer sem o consentimento da pessoa. Enfim, a questão é que estou na bica de um megassucesso se conseguir arrumar uma mente fresca para bolar alguns ajustes.

— Como foi a reação na estreia? — perguntei, farejando enxofre fervente, a despeito da distância entre nós.

— Basicamente, a da imprensa foi positiva — respondeu Butterfat. — Claro que houve algumas críticas negativas. Implicaram com a trama, com os diálogos, com a encenação e mostraram um certo sarcasmo desnecessário quanto ao figurino e ao cenário. Preciso admitir que com alguma razão foi dito que houve exagero por parte dos atores nos seus desempenhos.

Butterfat era um ex-advogado especialista em danos materiais que produzira de tudo, desde teatro de revista até shows de marionetes. Seu currículo na Broadway consistia quase integralmente de buracos negros, mas, apesar de haver transformado inúmeros investidores abastados em mutuários, vez por outra ele conseguia impingir cotas de patrocínio com lábia suficiente para manter o próprio lábio inferior um milímetro acima do nível do mar.

— Veja — falei. — Eu lido bem com comédia, mas isso aí parece mais o território de Arthur Miller ou mesmo de Eugene O'Neill.

— Concordo plenamente — atalhou Butterfat —, mas, por algum motivo, a plateia não para de rir, e o meu instinto me diz que, se nos mantivermos flexíveis e abertos, em lugar de tentar em vão bater cabeça com Ésquilo, um baita pote de ouro estará nos aguardando do outro lado do arco-íris.

Computando rapidamente as minhas necessidades calóricas *versus* expectativas financeiras do momento e chegando curiosamente a um número idêntico ao endereço da cadeia para inadimplentes, vi-me pegando o carro e seguindo para o Berço da Liberdade. Percebendo que a peça apresentava problemas e que eu podia ditar os termos do contrato, impus condições rígidas e, embora não houvesse menção a um adiantamento formal, consegui acordar um percentual de lucros futuros, que Butterfat afirmou categoricamente que seriam *pari passu* com o sobrepreço do empreiteiro na construção do Taj Mahal.

Para um perito em diagnósticos de peças teatrais como eu, os lapsos estruturais de *Memórias de um linguado* não eram difíceis de identificar, embora parecessem mais abundantes do que a conversa mole do produtor me levara a crer. A cortina se abria sobre um verdadeiro tufão de incoerência, com o palco atopetado de personagens inexplicáveis vagando para lá e para cá, alguns portando guarda-sóis, outros mascando chicletes de bola ou vestindo uniformes de jóquei. As primeiras cenas eram cheias de comportamentos irracionais, não apresentavam protagonistas discerníveis ou qualquer esboço de trama, além de estarem sobrecarregadas de criados dando um telefonema atrás do outro vomitando explicações com a potência soporífica de um fenobarbital. Aparentemente, havia boatos acerca de um bracelete de rubi amaldiçoado e uns chifres de alce roubados. Além de um bando de ciganos num leprosário. Por alguma razão nebulosa, possivelmente a invenção do fórceps por Chamberlin, os participantes de um congresso de classificadores de ovos haviam ficado misteriosamente retidos em Jixi, onde grassava enorme ansiedade por conta de rumores sobre um pássaro nativo tagarela. Embora, de fato, após a afasia inicial da plateia, um certo burburinho tivesse efetivamente ocorrido, o qual Butterfat, por puro negacionismo, interpretara como gargalhadas, parecia prematuro entrar em pânico e relançar o espetáculo como farsa. Com o meu trabalho claramente traçado, a primeira coisa que fiz foi reduzir o texto à sua essência dramática básica. Depois, aos poucos imbuindo cada personagem de um insight psicológico novo, delineei uma trama de suspense que praticamente crepitava de tanto conflito. Sempre tentando ser fiel ao propósito original do autor, ainda assim segui a minha inspiração e substituí o *sous-chef* por um agente funerário. Isso me possibilitou meticulosa e habilmente separar o joio do trigo e focar no conteúdo intelectual da obra, que era a denúncia da alimentação forçada dos gansos. Sim, a peça provocava algumas gargalhadas, mas o humor agora vinha dos personagens, criando clímax após clímax à semelhança de um arrojado baixo-relevo. Findo o ensaio, Butterfat e o elenco só faltaram me carregar em triunfo. Até os ajudantes de palco do Colonial, irlandeses calejados que já viram de tudo, ficaram maravilhados diante da minha perspicácia profissional. A atriz principal, uma loura platinada abençoadamente articulada e cujas placas tectônicas se deslocavam torridamente toda vez que ela cruzava o palco, mandou me dizer que, caso os meus músculos datilográficos necessitassem ser revigorados após tarefa tão extenuante, estaria à disposição no seu quarto de hotel para ministrar uma massagem estilo Hollywood com todos os complementos.

No final, suponho que o espetáculo fosse apenas vanguardista demais para um bando de críticos vingativos, porque, quando estreamos na Filadélfia, não vi qualquer outra explicação para as avaliações inspiradas em Átila, o Huno. O *Bulletin*, em geral comedido nas críticas, sugeriu que todos os envolvidos no projeto fossem amarrados, executados segundo o ritual do crime organizado e atirados em poços de cal. O restante da mídia foi menos generoso e propôs que, em lugar de uma noite de estreia, houvesse um auto de fé. Butterfat e eu afogamos juntos as mágoas num bar escuro, enchendo a cara com *gimlets* e procurando com lupa fragmentos de artigos que, tirados de contexto, talvez criassem uma falsa ideia de entretenimento, mas de nada adiantou. Esbravejamos contra a ignorância dos filisteus provincianos e continuamos aumentando a potência analgésica da vodca para o gim, para o scotch e finalmente para a fórmula particular de Butterfat de bombas etílicas, uma mistura tão potente que o barman se assustou, temendo que explodisse caso se espatifasse no chão. De repente, dando vazão a impropérios que fariam corar um sargento de Parris Island, Butterfat decidiu que a sua integridade exigia vingar-se da imprensa e, me arrastando para fora do boteco sinistro, partiu para o escritório do *Philadelphia Bulletin*, parando apenas para afanar um tijolo perdido de uma obra na rua. Acompanhei-o cambaleando, marinado pela combinação de cevada e uva, aprovando as suas lunáticas objurgações.

— Isso mesmo! — gritava eu, enrolando a língua. — Farsantes pretensiosos. O que eles entendem de tragédia? Deviam estar cobrindo desembarque de carga.

A fim de enfatizar adequadamente o meu argumento, resolvi cair de cara no chão e vituperar o restante direto para o asfalto. Ficando em pé como um pug de madame, logo me vi cambaleando na frente de um prédio enorme, que Butterfat supôs ser a sede do *Bulletin*. Esticando o braço e fazendo um arco com o tijolo, ele se preparou para quebrar a janela.

— Espere — gorgolejei, desviando o braço dele do alvo. — Aqui não é o jornal. Está escrito Museu de Arte da Filadélfia na placa.

A essa altura, ouviu-se um estrondo metálico quando o tijolo errante acertou com uma velocidade digna de liga campeã uma estátua de bronze que adornava o gramado do museu, seccionando o nariz da obra-prima como uma rinoplastia sem frescuras.

— Ei! — gritei, inspecionando os danos. — Olhe o que você fez com o Sylvester Stallone.

O monumento musculoso, um presente generoso do grande ator para comemorar os seus filmes *Rocky* na cidade, estava agora despojado do seu majestoso probóscide.

— O quê? — disse Butterfat, esfregando o manguito rotador, que emitira um ruído estranho por ocasião do arremesso. — Aquele é Benjamin Franklin? Cadê os bifocais?

— Olha só! — exclamei, pegando do chão o elemento facial.

— Você arrancou o nariz do Rocky.

Butterfat piscou espantado e, esfregando o braço lançador, saiu andando trôpego noite adentro, resmungando que precisava de dois Advils. A essa altura, o meu coração batia descompassado enquanto eu pegava o artefato icônico. O que me levou a isso jamais saberei, embora o nível etílico no meu sangue competisse em vantagem com o plasma e as plaquetas. Olhando para a esquerda e para a direita a fim de me certificar da ausência de alcaguetes nas cercanias, pus no bolso a tromba seccionada e corri como um pagão de posse do olho de um ídolo. Suponho que o plano fosse entrar no carro e, sabe-se lá como, pegar a autoestrada para voltar a Manhattan. Uma vez lá, eu levaria o tesouro à Sotheby's, leiloaria a peça e poria no bolso uma cifra de sete dígitos depois de uma guerra de lances entre cinéfilos dementes. Lembro de localizar o meu Honda, entrar nele depois de meros quarenta minutos de luta, ligar o motor e pisar no acelerador, fazendo o carro executar uma série de malabarismos que terminaram num salto-mortal invertido, deixando o veículo de cabeça para baixo, com as rodas girando. Recordo vagamente uma discussão acalorada entre mim e dois participantes uniformizados do Baile da Polícia, que culminou numa porrada de cassetete no meu QI.

Na delegacia, esvaziei os bolsos na frente do sargento de plantão, submergindo-o em fiapos, chaves velhas, Tic Tacs e várias fotos amareladas de Lili St. Cyr. O sargento, porém, foi para cima do pesado bico de bronze, agora Prova A.

— Ah, isso! — falei imitando o som de uma flauta e balbuciando como criança. — É só um nariz que guardo para dar sorte. É um velho costume etrusco.

Tentando fazer graça sob pressão, dei uma gargalhada casual que ficou parecendo o som que um gato faz quando é passado no triturador de papel. A essa altura, dois homens da lei, frustrados pela minha atitude impassível, haviam começado a se alternar no papel de tira mau-tira mau. Segurei a barra até ouvir a expressão "afogamento simulado", quando então a minha determinação falseou e, com um balido, comecei a gritar de forma histérica ante a perspectiva de sufocar. Mais profunda que a de santo Agostinho e um bocado mais incriminadora, a minha confissão de que pretendia passar nos cobres a tromba de Sly brotou de mim em meio a uma profusão de enormes lágrimas no formato de pendentes.

Felizmente, na Filadélfia, a pena capital não se aplica à posse ilegal de um nariz, mas, no que tange ao custo para reparar uma obra pública desfigurada, digamos que paguei os olhos da cara.

Escaldados em Manhattan

FAZ DUAS SEMANAS, Abe Moscowitz caiu morto, vítima de um ataque cardíaco, e reencarnou como uma lagosta. Capturado numa rede ao largo da costa do Maine, foi mandado de navio para Manhattan e jogado no aquário de um restaurante chique de frutos do mar no Upper East Side. No aquário já havia várias outras lagostas, uma das quais o reconheceu.

— Abe, é você? — indagou a criatura, empertigando as antenas.

— Quem falou comigo? — perguntou Moscowitz, ainda tonto por conta do *post mortem* místico que o transmogrificara em crustáceo.

— Sou eu, Moe Silverman — respondeu a outra lagosta.

— Caraca! — berrou Moscowitz, reconhecendo a voz de um ex-parceiro de *gin-rummy*. — O que está havendo?

— Renascemos — explicou Moe. — Como uma dupla de lagostas.

— Lagosta? É aqui que acabo depois de levar uma vida justa? Num aquário na Terceira Avenida?

— Deus escreve certo por linhas tortas — explicou Moe Silverman. — Veja Phil Pinchuck. O sujeito morreu de aneurisma e agora é um hamster correndo o dia todo naquela roda idiota. Durante anos foi professor em Yale. Minha opinião é que ele passou a gostar da roda. Corre, corre, corre para lugar nenhum, mas não para de sorrir.

Moscowitz não estava nem um pouco satisfeito com a *sua* nova situação. Por que a um cidadão decente como ele, um dentista, um *Mensch* que merecia reviver como uma águia altaneira ou como o pet de alguma socialite sexy que o poria no colo para acariciar o seu pelo, coubera voltar à vida ignominiosamente como *entrée* num cardápio qualquer? Que destino cruel lhe impunha ser degustado, aparecer como prato especial do dia, acompanhado de uma batata assada e seguido pela sobremesa? Isso levou a uma discussão entre as duas lagostas sobre os mistérios da existência, sobre religião e sobre quão imprevisível é o universo em que alguém como Sol Drazin, um trapalhão fracassado que os dois conheciam do ramo de bufês, volta à vida depois de um derrame fatal na forma de um garanhão destinado a emprenhar fofas potrinhas puros-sangues, ainda por cima abocanhando uma baita grana. Com pena de si mesmo e zangado, Moscowitz se afastou nadando, incapaz de adotar a resignação budista de Silverman ante a ideia de ser servido com molho thermidor.

Nesse momento adentrou o restaurante ninguém menos que Bernie Madoff. Se já estava amargurado e agitado antes, Moskowitz agora arfou com indignação, e a sua cauda começou a espadanar água para todo lado como um motor Evinrude.

— Não acredito — disse ele, esbugalhando os olhinhos pretos para ver através da parede de vidro. — Esse *goniff*, que devia estar vendo o sol nascer quadrado, quebrando pedra, fazendo placas de carro, deu um jeito de se evadir da prisão domiciliar e agora vai se regalar com frutos do mar.

— Dá uma olhada nos balangandãs da amada imortal — observou Moe, passando em revista os anéis e as pulseiras da sra. M.

Moscowitz refreou o refluxo biliar, mazela que trouxera da vida anterior.

— É por causa dele que estou aqui — falou, fervendo de fúria.

— Me conta — pediu Moe Silverman. — Joguei golfe na Flórida com o safado, que, aliás, costumava mover a bola com o pé quando a gente não estava olhando.

— Todo mês eu recebia uma prestação de contas dele — prosseguiu Moscowitz. — Eu sabia que aqueles números eram bons demais para serem *kosher*, e quando brinquei com ele, dizendo que lembravam um esquema de pirâmide financeira, ele se engasgou com o *kugel* que estava comendo. Precisei lançar mão da manobra de Heimlich. Finalmente, depois daquela vida de luxo, veio à tona que era tudo uma fraude, e o meu patrimônio líquido virou pó. P.S.: tive um infarto do miocárdio que foi registrado no laboratório oceanográfico em Tóquio.

— Comigo, ele se fez de sonso — retrucou Silverman, instintivamente apalpando a própria carapaça em busca de um Xanax. — Me disse a princípio que não havia espaço para outro investidor. Quanto mais ele me desanimava, mais eu queria participar. Convidei o cara para jantar e, como gostou das panquecas de Rosalee, ele me prometeu que a próxima vaga seria minha. No dia em que descobri que a minha conta seria gerida por ele, fiquei tão eufórico que cortei a cabeça da minha mulher da foto do casamento e substituí pela dele. Quando vi que estava quebrado, cometi suicídio pulando do telhado do nosso clube de golfe em Palm Beach. Precisei esperar meia hora para pular, porque era o décimo segundo da fila.

Nesse momento, o recepcionista levou Madoff até o aquário das lagostas, onde o arrogante seboso analisou o leque de candidatos marinhos para avaliar as suas potenciais suculências e apontou para Moscowitz e Silverman. Um sorriso obediente iluminou o rosto do recepcionista enquanto ele chamava um garçom para extrair a dupla do aquário.

— É a gota d'água! — gritou Moscowitz, preparando-se para o derradeiro ultraje. — Me arrancar até o último centavo da poupança de uma vida inteira e depois me comer com molho de manteiga! Que mundo é esse?

Moscowitz e Silverman, cuja fúria atingia agora dimensões cósmicas, balançaram o aquário para cima e para baixo até derrubá-lo, estilhaçando as paredes de vidro e inundando o assoalho de azulejos hexagonais. Cabeças se viraram enquanto o recepcionista, alarmado, contemplava a cena com descrença atônita. Buscando vingança, as duas lagostas saíram correndo atrás de Madoff. Rapidamente chegaram à sua mesa, e Silverman investiu contra o tornozelo do dito-cujo. Moscowitz, movido pela força de um tresloucado, saltou do chão e, com uma garra gigante, apossou-se do nariz do homem. Gritando de dor, o falsário grisalho pulou da cadeira, enquanto Silverman estrangulava-lhe o calcanhar com ambas as garras. Os clientes não acreditaram no que viam, mas, quando reconheceram Madoff, começaram a torcer pelas lagostas.

— Esta é pelas viúvas e instituições de caridade! — gritou Moscowitz. — Por sua causa, o Hospital Hatikvah agora é um rinque de patinação!

Madoff, incapaz de se libertar das duas cidadãs atlânticas, saiu a toda do restaurante e fugiu aos berros em meio ao tráfego. Quando Moscowitz apertou com a força de um torno o septo do homem, e Silverman conseguiu lhe furar o sapato, o salafrário untuoso acabou persuadido a se declarar culpado e a se desculpar pelo golpe monumental aplicado.

No final, Madoff foi internado no Hospital Lenox Hill, cheio de lanhos e abrasões. Aos dois pratos principais do dia, já amainada a raiva, restou apenas força suficiente para mergulhar nas águas frias e profundas da baía Sheepshead, onde, se não me engano, Moscowitz vive até hoje com Yetta Belkin, que conhecera na época em que os dois faziam compras no Fairway Market. Em vida, ela sempre se parecera com um linguado, e depois do acidente aéreo fatal voltara como um peixe dessa espécie.

Me acorde quando acabar

Rumando na maré do trânsito do centro da cidade num gélido entardecer, consegui, por uma dessas sortes incríveis, passar por uma pilha de jornais descartados justo quando uma lufada de vento a fez sair voando e se espalhar por todas as direções, e uma página velha do *New York Times* grudou no meu para-brisa. Em condições normais, a incapacidade de enxergar quem eu estava atropelando enquanto descia a Broadway teria detonado em mim uma histeria dos diabos, mas a matéria impressa que obliterava por completo a minha visão era tão cativante que me fez ignorar as buzinas dos motoristas e os gritos dos pedestres preocupados em preservar a vida. O texto fascinante era, com efeito, o anúncio de um produto chamado My Pillow Premium e contava a inspiradora história de um homem que passara oito anos pesquisando travesseiros a fim de desenvolver o mais confortável do mundo. Alertando para o fato de que qualquer coisa aquém de uma soneca digna de Van Winkle pode causar um montão de mazelas comuns, inclusive resfriados, gripes, diabetes, doenças cardíacas e deterioração mental, o anúncio sugeria de forma sinistra um esquema nefando de obsolescência planejada. Aparentemente, a invenção do My Pillow Premium revelara que a maioria dos travesseiros é programada para cindir-se, levando o usuário desavisado a acordar de manhã com um braço dolorido, um torcicolo, além de um problema cuja existência escabrosa me era até então desconhecida: dedos dormentes. O objeto miraculoso ali anunciado, garantia a propaganda, era nada menos que um divisor de águas na qualidade de vida, e o texto trazia na conclusão uma modesta frase do progenitor do produto: "Acredito piamente que My Pillow Premium é o melhor travesseiro do mundo e que todos dormiriam bem se tivessem um deles, transformando, assim, o mundo num lugar melhor".

Corte rápido para o Clube dos Exploradores, em Londres. Madeira nobre escura reveste uma sala espaçosa que abriga uma lareira e confortáveis sofás e poltronas Chesterfield em diversos ambientes. Mapas e fotos de lugares remotos dão vida às paredes e acentuam mais ainda uma atmosfera acolhedora em que homens se sentam em grupos, bebendo e partilhando histórias sobre este ou aquele píton ou vulcão. Num canto do salão, bebericando *brandy*, estão Sir Stafford Ramsbottom, Basil Metabolism (aquele velho ranheta de Oxford) e o lendário globe-trotter chinês, Keye Lime Pie. Os três compartilham relatos de aventuras audaciosas vividas desde o Círculo Ártico até a terra da mosca tsé-tsé. Neste exato momento acaba de se juntar ao grupo Nigel Whitebait, um bronzeado explorador boa--pinta que havia meses não dava as caras no pedaço. Whitebait é alguém que já esteve em todos os lugares e já viu de tudo. É um dos poucos no clube que testemunharam um sacrifício humano, e teria considerado a coisa toda uma barbárie se a vítima não fosse um corretor de seguros. Destemido desde a infância, Whitebait sofrera uma queda aos 21 anos quando escalava o Kilimanjaro e fora totalmente reconstruído, osso por osso, pelo Departamento de Dinossauros do Museu de História Natural. Reza a lenda que, aos trinta, foi capturado e quase devorado por canibais na Nova Guiné, só conseguindo escapar ao pular da mesa quando estava sendo guarnecido com salsinha. Aos cinquenta, Whitebait viveu com os pigmeus durante dois anos, logrando vender-lhes trezentos pares de sapatos de plataforma.

— Demos você por morto quando soubemos do naufrágio do seu navio no mar da China — disse Ramsbottom.

— Um maldito tufão — retrucou Whitebait —, e me vi cercado de tubarões. Felizmente, eram tubarões do carteado e me recusei a entrar no jogo deles.

— Mas por onde você andou todos esses meses, meu velho? — perguntou Metabolism. — Sentimos a sua falta no enterro do Binky Welkin. Coitado do Binky, voltou da Amazônia encaixotado, com a cabeça reduzida a sete centímetros de diâmetro e os lábios costurados. Afora isso, era o mesmo velho Binky de sempre.

— O lugar onde eu estive rende uma belíssima história — respondeu Whitebait. — E, se me permitem dar cabo do meu Courvoisier, vou contá-la com o meu brio característico.

A plateia de três se acomodou e desligou os aparelhos de surdez, ansiosa pela narrativa.

* * *

Tudo começou num voo para Chicago. Éramos eu, Fielding Wingfoot e aquele mercenário impulsivo, Ediond O'Rourke. Estávamos a caminho de um bar-mitzvah temático baseado naquele antigo filme de Hollywood, *A cova da serpente*, quando o nosso sistema de navegação deu *tilt* e nos vimos sobre a Mongólia Exterior. Como se não bastasse, o piloto tinha perdido a linha do horizonte e voava de cabeça para baixo, o que tornava duplamente difícil para a aeromoça servir o almoço. Logo em seguida, acabou o combustível e começamos a mergulhar no vácuo, atingindo o flanco de uma montanha. O avião explodiu em chamas e se partiu. Eu, que lia na ocasião, fiquei sem saber em que ponto do livro havia interrompido a leitura.

Muito bem, caríssimos, lá estávamos, perdidos no Himalaia sem provisões, exceto pelo meu último Tic Tac, que repartimos por três. Como somos todos exploradores experientes, nos pusemos a caminhar orientados pelas estrelas, mas confundimos a Canis Majoris com Júpiter, equívoco que nos fez crer que, na velocidade em que viajávamos, chegaríamos a Londres dali a seis trilhões de anos-luz. Diante da falta de comida, na segunda semana já tínhamos nos habituado a jantar apenas neve. O'Rourke, que se considerava um gourmet, administrava os jantares. Em geral havia uma entrada de neve, um prato principal de neve, dois acompanhamentos de neve e uma variedade de opções de sobremesas de neve. Wingfoot, que delirava de fome, sugeriu que, se as refeições de O'Rourke não fossem mais consistentes, devíamos pensar em comer O'Rourke. Foi então que vimos uma abertura na cadeia de montanhas, revelando uma cidade escondida. Um lugar reluzente aninhado nas rochas do Himalaia com uma espécie de arquitetura oriental, ruas de ouro com templos e fontes. Tipo Vegas. Exaustos e esfaimados, nos aproximamos da cidade cheios de expectativa, rezando para os restaurantes não exigirem paletó e gravata. Para nosso regozijo, a população nos recebeu de braços abertos. Fomos levados até um enorme salão onde nos alimentaram com carnes e frutas suculentas e um vinho dos deuses. Enquanto nos banqueteávamos com sorvete e chocolate, não nos passou despercebido que todos os cidadãos eram robustos, jovens e atraentes. Os homens pareciam atletas olímpicos, e fiquei bastante surpreso ao descobrir que a loura deslumbrante que me dava uvas na boca e não aparentava mais de 21 ou 22 anos tinha 96. Quando perguntei o nome do cirurgião plástico que a operara, ela riu e desviou o olhar. Por fim, nos levaram até os aposentos do Sumo Sacerdote, que nos deu as boas-vindas. Propusemos um brinde a ele mais tarde. Ele propôs que nos sentássemos. Propusemos que ele falasse. Logo se estabeleceu uma concorrência e, sabe-se lá como, a nossa proposta suplantou a dele e acabamos arrematando um armário de cerejeira por uma bagatela.

— Onde estamos? Quem são vocês? — perguntei ao chefe tribal.

— Somos um povo especial — explicou ele. — Somos gente pacífica, com talento para as artes e os esportes. Temos uma longevidade notável. No nosso mundo não há brigas nem guerras. Ninguém aqui toma Prozac.

— Qual é a tramoia? — indaguei. — É o iogurte? O ar puro da montanha?

— Se vocês, caros peregrinos, fizerem uma roda e me permitirem falar, explicarei tudo direitinho — disse ele, erguendo um travesseiro. — Todo habitante da nossa terra dorme num igual a este. Ele se chama My Pillow Premium. Nossos fundadores o projetaram cientificamente éons atrás, levando em conta a rotação da Terra no próprio eixo mais o tempo que um anão demora para subir num tamborete de bar. Se você é daqueles que se deitam em cima do braço enquanto dormem, o enchimento engenhosamente configurado de penas, das quais 50% são retiradas de patos-selvagens e 50% de patos de madeira, garante que seus dedos jamais fiquem dormentes.

Apertei o artefato voluptuoso nas mãos, e foi como acariciar os peitos da minha mulher ou, melhor ainda, os da amiga dela.

— Mas as pessoas vêm dormindo bem em travesseiros normais — interveio Wingfoot.

— É mesmo? — indagou o Sumo Sacerdote, demonstrando profundo desdém.

Pensei nos meus pais e lembrei que papai dormia com um travesseiro de espuma de borracha e quase sempre acordava com as orelhas dormentes. Por mais que tentasse, não conseguia mexê-las, o que acabou fazendo com que perdesse o emprego. E de que outra maneira explicar os infartos de Ramsbottom? Só recentemente ele descobrira quanto colesterol tinha o travesseiro comum que usava. O Sumo Sacerdote explicou que o My Pillow Premium não continha gordura e também vinha com complemento de cálcio.

— Saquem o que estou falando, irmãos — insistiu ele. — O mundo seria um lugar melhor se todo mundo dormisse nessa almofadinha fofa.

Naquela noite, o venerando líder falou comigo em particular e me encarregou de uma missão especial.

— Leve este travesseiro para a civilização, entregue-o ao secretário-geral da ONU e o convença de que só o My Pillow

Premium é capaz de restabelecer a paz no mundo. Depois de realizar essa tarefa, você pode voltar para cá e morar conosco para sempre no paraíso. E, quando voltar, se não se esquecer, me traga um cheesecake do Junior's. Cheguei à ONU, vindo do Himalaia, dois meses depois, barbudo e exausto de combater malfeitores e tigres. Passei correndo pelos guardas e adentrei esbaforido o escritório do secretário-geral. Gritei que tinha comigo a resposta para todos os problemas do mundo. Em seguida, mostrei a ele o travesseiro. Depois disso, só me lembro de dois homens de branco segurarem cada qual um dos meus braços e me garantirem que tudo iria "ficar bem". Me conduziram a um lugar em Nova York chamado Wellvue ou Mellvue, e confesso que não senti em absoluto necessidade alguma de um My Pillow Premium porque, em matéria de conforto, nada supera a luxuriante sensação de um quarto com paredes tão bem acolchoadas.

Tendo desenrolado o seu novelo, Whitebait se levantou, porém não sem antes soprar com destreza a conta do bar para o lado oposto da mesa, um truque que aprendera com os indígenas jivaro, especialistas em jamais pagar uma conta. Então, sorrindo, deu uma piscadela e tornou a partir para mares nunca dantes navegados.

Ei, onde foi que eu deixei o meu balão de oxigênio?

COMO A MINHA MULHER foi capaz de transmogrificar os ingredientes de uma receita premiada de brownies de chocolate em doze perfeitos quadrados de granito foi um feito que apenas alquimistas medievais poderiam apreciar.

Mordendo um deles, meu dente fez o mesmo som emitido pelo Krakatoa ao desaparecer, e me vi na sala de espera do consultório dentário, tentando me distrair dos gritos agudos de algum viciado em gomas de mascar enquanto o molar dele era escavado pelo mais recente equipamento da Black and Decker. Foi quando um pequeno artigo nas páginas do *USA Today* chamou a minha atenção. Segundo as fontes do jornal, cerca de seis mil pacientes por ano saem das salas de cirurgia norte-americanas com esponjas, fórceps e outros instrumentos cirúrgicos esquecidos dentro dos corpos. Com bloqueio criativo, como estou desde que os críticos avaliaram a minha última peça como se ela fosse o vírus carnívoro, encarei essa pérola sensacionalista como um ponto de partida viável para um possível pastiche da Broadway que talvez prouvesse a grana necessária para subsidiar a demência que eu havia programado para os meus anos dourados. A cortina se abre para mostrar o protagonista, Miles Ottarick, um jovem exuberante de 26 anos, que ganha uma merreca vendendo quirera. Precisamente o que vem a ser quirera é algo que, garanto, haverá de me ocorrer quando eu der vida aos personagens e mergulhar nos temas principais.

Basta dizer que Ottarick está apaixonado por Palestrina, uma beldade de madeixas azeviche, cuja beleza mediterrânea é do tipo que atrai marinheiros para a própria aniquilação. Um coro de marinheiros aniquilados, à imagem e semelhança de um coro grego, talvez possa ocupar o palco para ajudar a esclarecer a trama. Quem sabe seja bom incluir um coro grego também e até um jogo de softball entre os dois grupos, caso a história realmente se arraste de modo a tornar tal artifício necessário. Embora Palestrina ame Ottarick, o pai dela, um comerciante de tapetes armênio, o sr. Tatterdemalian, quer ver a filha casada com alguém da própria ascendência, a saber, Larry Fallopian, o negociante de arte mais quente de Nova York. Fallopian no mundo real é Murray Vegetarian, cuja reputação como dono de galeria data de quando ele vendeu por seis milhões de dólares uma aquarela sublime de Marie Laurencin retratando duas lésbicas *kosherizando* uma galinha. Decidido a se tornar um sucesso, Ottarick monta um grupo de atores que encena peças de vanguarda escritas em palíndromos, mas o grupo gradualmente se reduz quando seus membros começam a morrer de fome. O primeiro ato termina com o coro alertando que não é possível se esconder de Deus, mas Ele pode, de vez em quando, ser enganado por um bigode falso.

No segundo ato, somos apresentados a Anders Werm, o cirurgião incrível, e à sua mulher Vendetta, que tem um caso com

Wasservogel, o guarda-caça. Como o casal mora num apartamento na Park Avenue, o dr. Werm não entende a necessidade de um guarda-caça. Werm aprendeu a conviver com os *pecadillos* da mulher, mas apenas porque não sabe o que são *pecadillos*, já que ela o convenceu de que se trata de comida mexicana. Ele busca consolo romântico junto a Ingrid Shtick-Fleish, uma baronesa oriunda de uma família de ex-magnatas da indústria alemã que, depois da guerra, converteu suas fábricas de helicópteros em manufaturas de bonés cata-ventos. Ingrid e o irmão Rudolph herdarão uma fortuna quando o pai morrer, mas ele se encontra em coma há 36 anos. Os dois desligaram as máquinas várias vezes, mas, sempre que saem do quarto, o pai torna a ligá-las. Werm adoraria fugir com Ingrid, mas não tem peito para isso, porque embora valha incontáveis milhões, todas as notas de dinheiro são do Banco Imobiliário. Enquanto isso, Ottarick pede a mão de Palestrina em casamento. Ela aceita, mas, quando o rapaz descobre que é somente a mão que caberá a ele, enquanto o restante do corpo irá para Larry Fallopian, Ottarick engole um comprimido de cianureto que carrega consigo há dois anos, ansioso para usá-lo antes que o prazo de validade expire. Cai se contorcendo e segurando a barriga e é levado para o hospital, onde o internam no Centro de Apatia Intensiva. Moribundo, pede para ter uma derradeira visão de Palestrina ou, se ela estiver ocupada, de qualquer mulher que já tenha sido capa da edição de trajes de banho da *Sports Illustrated*. Uma cirurgia se mostra necessária, e o dr. Werm recebe um telefonema urgente para se apresentar no hospital no exato momento em que flagra Wasservogel e sua mulher na cama. Ele desafia Wasservogel para um duelo. Discute-se o uso de floretes e pistolas, e Werm opta por um florete, enquanto Wasservogel escolhe uma pistola.

Agora, porém, a emergência médica se impõe, e Werm parte apressado.

No hospital o doutor está vestindo o jaleco cirúrgico quando a enfermeira, a srta. Waxtrap, ofegante, irrompe porta adentro para informá-lo de que ele acabou de ganhar 360 milhões de dólares na loteria e que agora os dois podem finalmente fugir juntos. Meu raciocínio aqui é que um segundo caso entre a enfermeira Waxtrap e o médico criaria uma excelente subtrama com grande potencial para fogos de artifício emocionais, sobretudo se fizermos dela uma gêmea separada da irmã no nascimento.

Repentinamente mais rico que Creso, Werm liga para o seu advogado, Jason Peruch, e lhe diz para mandar citar Vendetta numa ação de divórcio, acusando-a de contínuo ganho de peso e argumentando que, embora tivesse se comprometido no altar a ficar casado com ela na saúde e na doença, na riqueza e na pobreza e na alegria e na tristeza, o rabino jamais mencionara sobrepeso. Werm precisa agora decidir se casa com a enfermeira Waxtrap ou com Ingrid Shtick-Fleish. Escolhe a enfermeira, pois todos os três ex-maridos de Ingrid morreram em acidentes suspeitos, e ele se recusa a assinar um acordo pré-nupcial sobre o assunto. Eufórico ante a expectativa de uma nova vida, Werm realiza a cirurgia velozmente, salva Ottarick e surpreende a enfermeira Waxtrap com um diamante de um milhão de dólares do tamanho de uma maçaneta. Quando ela lhe mostra que se trata, com efeito, de uma maçaneta, Werm se dá conta de ter comprado uma mercadoria superfaturada. Delirante com o seu novo amor, o médico vislumbra uma vida de luxúria com

Mona Waxtrap. Resta apenas a Werm sacar o prêmio da loteria, alugar um Gulfstream e voar com a noiva para a ilha caribenha onde por ela se apaixonou a distância. Mona passava as férias na ilha com o diretor de cinema francês Jean-Claude Toupé, então seu marido. A lourinha bonita adorava mergulhar das pedras no mar e, num desses mergulhos, bateu com a cabeça. Werm, na condição de cirurgião, sugeriu amputá-la. Os dois entabularam uma conversa e começaram a ter um caso debaixo do nariz do marido, mas descobriram não haver espaço suficiente debaixo do nariz dele para se deitarem, embora fosse esse o único lugar com sombra na ilha. Agora, dois anos mais tarde, Werm está pronto para se livrar da infiel Vendetta e se casar de novo.

Epa, o que houve? Werm está perdidinho, porque não consegue encontrar o bilhete da loteria. Procura, histérico, nos bolsos da calça. Onde foi que enfiou o raio do troço? De repente, lhe ocorre: em lugar de se arriscar e largar o precioso bilhete no escaninho enquanto estava na sala de cirurgia, ele o manteve na palma da mão, em segurança debaixo da luva de borracha justa que usava. Então, como mais de seis mil médicos que operam anualmente e deixam resíduos dentro dos pacientes, ele distraidamente esqueceu a luva dentro de Ottarick, junto com o bilhete premiado. Frenético, Werm corre para o hospital e se prepara para abrir Ottarick novamente, explicando que, ao fazer a cirurgia, esquecera dentro dele a carteira com os cartões de crédito e a carteira de motorista. Sem falar no Rolex e nas chaves da casa de praia. Ottarick, desconfiado, examina as radiografias e vê o bilhete ganhador do megaprêmio. Oferece-se para dividir a grana meio a meio, e Werm realiza a cirurgia. Chegamos agora ao clímax do dilema moral. Werm se dá conta de que se

Ottarick não sobreviver à operação, o dinheiro ficará só para ele. Com isso em mente, planta uma bomba dentro de Ottarick e o costura. Reprovadoramente, o coro amaldiçoa o médico, recordando-lhe o Juramento de Hipócrates, que proíbe o uso de explosivos no tratamento de doenças estomacais. Cheio de remorso (e aqui estou pensando na consciência de Werm empoleirada no ombro dele, instando-o a obedecer à sua natureza bondosa, embora para isso vá ser necessário arrumar um ator muito, muito baixinho), o médico finalmente remove o artefato antes que detone, e Ottarick sobrevive. Quando, porém, a plateia já está segura de que tudo vai acabar bem, o destino, esse titereiro caprichoso que controla todos os nossos movimentos, prega a sua última peça e Werm descobre que a enfermeira Waxtrap leu errado os números da loteria, e o bilhete não vale nada. A enfermeira mostra sua verdadeira face: dá um chute em Werm, dizendo que para sempre haverá de amá-lo, mas que, no momento, o que quer é uma medida protetiva.

Ottarick, ainda sob o efeito da anestesia, finalmente sonha com um jeito de encontrar utilidade para as quireras e sobrevive para comercializá-las, ganhando uma fortuna e se casando com Palestrina. Werm, que fora apaixonado pela enfermeira Waxtrap, acaba se casando com a irmã gêmea da moça e por isso considera que as coisas ficaram elas por elas.

Claro que existem alguns fios soltos, e ainda me resta saber o que Ottarick descobriu em sonho serem, de fato, quireras, mas acredito que algumas semanas numa ilha caribenha bastem para despertar o meu aflato, sobretudo se eu tiver como companhia uma daquelas gatinhas de maiô da *Sport Illustrated*. Se eu estiver certo, a Broadway que me aguarde.

Imbróglio na dinastia

DIVIDIDO EMOCIONALMENTE entre optar pelo exótico, escolhendo Formigas Subindo numa Árvore ou o Ovo de Mil Anos, tive uma crise de covardia quando o garçom pigarreou impacientemente, me obrigando a voltar derrotado para um velho amigo, o Frango do general Tso. Aliviado, embora ainda ofegante, me conformei em bebericar um vinho branco e aguardar o meu porto seguro. Não foi senão quando o prato clássico surgiu diante da minha mesa num carrinho que uma nova onda de ansiedade me engolfou, causada pela consciência nua e crua de que, para um regalo gustativo que eu pedira inúmeras vezes, na verdade me faltava um conhecimento mais abrangente sobre o seu contexto. Eu sabia que o general Tso era um grande herói, mas onde estavam os detalhes acerca dessa lendária penosa? Tratar-se-ia de um Von Clausewitz que no fundo não passava de um *chef manqué*? Seria a ave secretamente treinada para se infiltrar nas linhas inimigas e botar um ovo-bomba para explodir uma fortaleza? Quem sabe apenas os pés tivessem sido usados por algum velho xamã para adivinhar o dia mais auspicioso para o general atacar as forças do czar? Anotando um lembrete no meu caderninho para pesquisar o assunto atentamente tão logo a Terra, o Sol e a Lua se alinhassem formando uma maré de sizígia, ataquei avidamente o que estava no meu prato, sem conseguir, contudo, me impedir de imaginar uma breve troca epistolar que tomo agora a liberdade de traduzir.

Mui honrado ministro Peng:

Tendo comandado os gloriosos exércitos do imperador em defesa de toda a nação, rechaçando hordas portentosas, sufocando rebeliões perniciosas e cobrindo de glória indizível o seu nobre trono com as minhas conquistas, suponho que não deva causar surpresa o desejo dos meus compatriotas de me render homenagens. Embora a busca de tributo pessoal não seja o meu intento, a minha primeira ideia a respeito do assunto foi um simples desfile para um herói: música, tochas, as ruas cobertas de pétalas de botões de lótus e, a um sinal previamente combinado, uma revoada de miríades de rouxinóis durante o meu desfile em carruagem aberta no meio da multidão. Madame Tso, que não é afeita a ostentação, sugeriu algo mais discreto: uma simples estátua de mármore ou lápis-lazúli deste que vos fala montado em um garanhão, erguida em local relevante nas cercanias do palácio. Embora um ou outro dos cenários mencionados mais que bastasse para mostrar a gratidão nacional pelo meu extraordinário valor, devo dizer que fiquei um pouco decepcionado ao tomar conhecimento da decisão de comemorar os meus feitos batizando com meu nome um prato de galinha. À primeira vista, pensei tratar-se de uma piada dos meus comandados, chegados como são a tolices disparatadas, mas quando descobri que eu seria inserido em todos os cardápios entre os *dumplings* e o Porco Moo Shu, meus joelhos bambearam. É assim que se homenageia um colosso militar por atos de bravura épica? Por uma vida vivida em perigo constante, com frequência enfrentando inimigos em superioridade numérica, contando com provisões insuficientes e roupas inadequadas? Jogando um frango numa *wok* e fingindo ser grande coisa batizá-lo com seu nome? Como disse Madame Tso, que baita breguice. Imploro-vos, senhor, em nome dos meus falecidos ancestrais, que nem sequer gostavam de galinha e sempre preferiam pedir lagosta, que reconsidere essa decisão.

Humildemente, general Tso

Mui ilustre general,

Agradeço a sua pronta resposta à decisão das autoridades concernente ao senhor no que tange ao mencionado quitute. Devo informá-lo de que, inteirado do seu desprazer, o honrado chef Wong sentiu um profundo desgosto ao saber que o louvado general considera um demérito às conquistas obtidas no campo de batalha dar o próprio nome à sua criação culinária mais valiosa. Ele encara a mistura de temperos e ervas que circunavegam os pedaços suculentos de peito e coxas frescas como a lua de prata da cozinha oriental, decerto tão grandiosa a seu modo quanto as suas incursões em combate, as quais, conforme ele se recorda, incluem um número desproporcional de recuos, quase sempre caóticos. Ele observa que, juntamente com os alegados feitos de bravura e heroísmo em tempos de guerra, quanto aos quais temos como prova apenas a sua palavra, houve várias mancadas, como, por exemplo, o massacre de 12 mil comandados seus porque o senhor se esqueceu de ligar o despertador. O chef Wong acrescenta ainda que, nas noites em que o imperador opta por ficar em casa e relaxar jantando no palácio, com frequência encomenda esse prato ao serviço de delivery.

No que tange a uma estátua sua, o senhor provavelmente tem ciência de que o preço do lápis-lazúli bateu no teto recentemente, e com as despesas com o ópio do imperador e o projeto da imperatriz de renovar a Grande Muralha revestindo-a com papel de parede, o Tesouro anda meio desfalcado. Acrescente-se a isso os gastos com a transmissão ao vivo este ano do piquenique dos eunucos e vê-se facilmente que não sobra muita coisa para pagar uma estátua. Apesar de tudo, se o prato de galinha o ofende, o chef Wong gostaria de saber se o senhor prefere que o seu nome seja dado, em vez disso, a algo mais adequado à sua aparência física e manda lhe perguntar se existe alguma objeção ao tofu do general Tso.

Obedientemente, Peng

Mui reverenciado ministro:

Favor registrar que nutro o maior respeito pelo chef Wong, e o senhor há de recordar que fui um dos poucos a defendê-lo durante o infame Escândalo da Intoxicação Alimentar, ocasião em que ele foi obrigado ao longo de meses a circular por Chongqing disfarçado de dentista polonês. Reconheço que as despesas mencionadas são altas, embora línguas maldosas com acesso ao palácio digam que o imperador investiu com imprudência recursos do Estado e acabou ficando com seis milhões de coçadores de costas defeituosos encalhados. De todo modo, se a estátua for demasiado cara, talvez um busto possa ser esculpido. Ofereço-me para contribuir com um plinto que ficou sem uso desde que Madame Tso quebrou nosso vaso Sung praticando dança do ventre. Por favor, relembre a Sua Excelência que fui o guerreiro que sufocou a Revolta dos Coolies quando estes teimosamente se recusaram a puxar qualquer riquixá que levasse mais de um indivíduo gordo. Tenho certeza de que ele não tem ciência do assunto ora em pauta e ficaria indignado se soubesse que o seu principal general está sendo intimado a emprestar o nome a um prato de entrada que custa medíocres 12 ienes, ou até mesmo dez, caso a pessoa esteja disposta a ir até Chinatown.

Pungentemente, Tso

Ilustre general,

Atento a cada um dos seus argumentos, conversei com o imperador, que não conseguiu se lembrar do senhor, nem mesmo quando lhe mostrei uma foto. Por fim, após incansável esforço deste humilde ministro em sua defesa, Sua Majestade foi capaz de se recordar vagamente de um chato de galochas chamado Tso que não desgrudou dele num evento imperial, insistindo num financiamento para uma cadeia de lavanderias à mão em Hoboken. Ficou claro para Sua Excelência que o senhor bebera em excesso, causando um alvoroço ao ser convidado a se retirar. Ele se lembra de o terem despachado com o martelão em geral reservado para fazer soar o grande gongo. Com efeito, não me foi possível insistir mais no assunto do prato de galinha, pois percebi que a conversa toda o estava deixando com os nervos à flor da pele. Eu recuaria, se fosse o senhor. Francamente, me causaria um desgosto profundo vê-lo amarrado a uma mesa enquanto gotas d'água fossem pingadas uma a uma em sua testa, um procedimento que substituiu o açoitamento e está no auge da moda.

Calorosamente, ministro Peng

Ministro Peng:

Lamento dizer que me sinto humilhado. Que se tenha sequer aventado que eu, um grande herói de guerra, partilhasse tal honra com Tio Tai e Tia Yuan é impensável. É assim que me veem? Tai é um conhecido impostor, provavelmente o acupunturista mais inepto da China. Precisou de quinhentas agulhas para curar o artista Po de rachadura nos lábios. Quanto à Tia Yuan, ela nem mesmo existe. Trata-se de um conceito cunhado por 14 investidores judeus que precisavam de uma imagem para a própria franquia. Não consigo respirar... Estou tendo um colapso nervoso.

Amado general:

Todos nós aqui no palácio lamentamos sinceramente que o senhor não esteja feliz por ser homenageado da maneira mais tradicional. O imperador, devo confessar, já cansou do seu rosário infindo de mensagens suplicantes entregues pessoalmente, com frequência quando ele se encontra em meio a uma sessão de prazeres com uma das suas concubinas. Chegou mesmo a deixar escapar que, se essas missivas não cessarem, uma solução possível talvez seja cortar suas mãos. A imperatriz, por outro lado, tem um lago no seu jardim particular onde nadam carpas douradas parrudas em absoluta tranquilidade. É possível que, para achar um meio-termo, eu consiga convencê-la a batizar uma das carpas com o seu nome. Por favor, deixe-me saber como lhe soa essa ideia.

Sinceramente, Peng

Ministro imperial:

Cruzando os mares da China com Madame Tso a fim de absorver o ar salgado e acalmar os meus gânglios nervosos, por mero acaso encontramos no tombadilho um casal norte-americano em férias. Quis o destino que descobríssemos que o marido ganha a vida inventando e contando o que ele mesmo rotula de piadas curtas e, ao que parece, exerce esse ofício em locais com nomes realmente exóticos, como Grossingers e Concord. Pelos anos de serviço meritório, ao longo dos quais partilhou o seu dom de fazer rir com multidões carentes de gargalhadas, segundo nos contou, ele foi homenageado numa delicatéssen da Sétima Avenida, que batizou um sanduíche com o seu nome. O sanduíche mencionado chama-se Hymie's Special e consiste de duas fatias de pão de centeio, mais uma pilha de pastrami e língua fatiados, e vem com salada de repolho, picles, e quase sempre acompanhado com dr. Pepper. O homem ficou extremamente honrado com esse gesto e os seus olhos marejaram quando a iguaria estreou no cardápio ocupando o lugar logo acima da linguiça de vitela. Essa menção ao seu nome lhe trouxe enorme gratificação, bem como grande alegria à sua veneranda mãe, já que ela sempre achou que ele acabaria como um anônimo balconista servindo *egg-creams* em alguma biboca de Manhattan. O tempo que passei com esse indivíduo divertido me emocionou e me abriu os olhos para o meu ego inflado e a minha mesquinharia. Assim, aceito humildemente e com gratidão ser imortalizado na ave do chef Wong, por meio da qual o meu nome e a minha pessoa passarão a figurar nos cardápios de restaurantes chineses em todo o mundo. Minha única ressalva é que prefiro aparecer entre os pratos principais.

Grato, general Tso

Criatura alguma se mexia

A PREMIÈRE DO NOVO sucesso de bilheteria do estúdio, previsto para provocar um tremendo burburinho entre os formadores de opinião de Manhattan, granjeou o tipo de silêncio normalmente associado ao espaço sideral. Quando os créditos rolaram na tela, trombeteando a evaporação de cento e oitenta milhões de verdinhas, a plateia ficou de pé e se arrastou em direção à saída como os operários a caminho da fábrica em *Metropolis*, de Fritz Lang. Enquanto os formadores de opinião recuperavam os sentidos no ar frio da Broadway, vi-me cara a cara com ninguém menos que Nestor Nasochatus, um *nudnik* porcino que eu conhecia dos tempos em que frequentávamos os dispensários de gérmen de trigo da Sunset Boulevard. Nasochatus é um produtor de Hollywood que aperfeiçoou o dom de gerar insolvência a partir dos projetos mais promissores. Glutões menos vigilantes nos nossos anos dourados, decidimos ir até a Carnegie Deli para desconstruir uma travessa de carne de porco curada e eviscerar o que tínhamos acabado de assistir.

— Um monte de idiotice — vituperou o empresário teatral. — Puro lixo para descerebrados púberes. — Tirando um recorte do bolso da calça, acrescentou: — Dê uma olhada nisso. Recortei de uma revistinha chamada *The Week*. É ou não é o nosso "abre-te sésamo" para o Forte Knox?

Em essência, a nota que Nasochatus me mostrou falava de Upper Darby, na Pensilvânia, onde aparentemente um dono de pizzaria fora acusado pela polícia de plantar camundongos em pizzarias rivais. "Nunca lidamos com um caso como esse", disse o comissário de polícia, "em que camundongos foram usados como instrumentos de um crime".

Nasochatus aguardou a minha reação à notinha do tabloide, sorrindo como um homem com todos os ases na manga.

— Na hora em que pus os olhos nisso, comecei a elaborar o meu discurso de agradecimento — disse ele, dando uma golada no seu dr. Brown's.

— Como assim? — perguntei, recordando que seu último filme, *Serenata Kreplach*, obtivera duas anuências de cabeça para ser indicado ao Oscar, embora não de membros da Academia, mas de pacientes do Bellevue.

Só mesmo uma aspersão de gás de pimenta teria conseguido impedi-lo de vender o novo projeto visionário ao qual sucumbi, enquanto discernia vagamente o *Hindenburg* adentrando o meu campo visual.

— Corta para a Scotland Yard — começou ele. — O inspetor Miles Dabney, um veterano excêntrico com um humor sarcástico que já viu de tudo na vida, está limpando o cachimbo enquanto pensa no fim de semana e naquela truta que sempre teima em resistir à sua isca artificial. A reputação de Dabney o precede, e dizem que solucionou sozinho os assassinatos do Estripador.

— Espere aí! — intervim. — Eles não aconteceram mais de cem anos atrás?

— Você está pensando em Jack, o Estripador — rebateu Nasochatus. — Estou falando de Abe, o Estripador, um alfaiate que rondava por Whitechapel retalhando calças de gabardine.

— Ah, bom. Agora entendi.

— Close no rosto canino de Dabney — prosseguiu Nasochatus —, no momento em que o tenente Gammage, seu confiável assistente, entra para dar ao chefe uma notícia sinistra. "Inspetor Dabney", diz Gammage, "parece que uma gangue de camundongos tomou o Barclay".

— Camundongos tomaram um banco? — interrompi, incrédulo.

— Por que não? — disse Nasochatus. — Os roedorezinhos provocaram o pânico que costumam provocar e, enquanto as mulheres gritavam e subiam nas cadeiras, eles usaram os dentes e as patas para surrupiar dois milhões de libras dos caixas.

— Olhe aqui, Nestor... — protestei, mas ele me cortou.

— Ouça a resposta do inspetor Dabney: "Ora, Gammage, isso combina perfeitamente com a história de Muncefoot sobre a gangue de camundongos que invadiu a Tate e afanou aquele Constable inestimável." "Não fiquei sabendo disso", responde Gammage. "Serão os mesmos camundongos?" "As descrições batem", confirma Dabney. "Criaturinhas cinzentas, de olhos cor-de-rosa e rabinhos finos. Ao que parece, um bando delas entrou no museu, subiu pela parede e habilmente removeu a obra-prima bucólica, transportando-a coletivamente nas costas e saindo pela porta principal sem mais adeus. Sabe o que

eu acho? Aquela belezura está enfeitando a sala de bilhar de algum potentado neste exato momento."
— Mas de que jeito? — insisti. — Afora a impossibilidade física, a inteligência necessária...
— Ah! — exclamou Nasochatus. — Só mostrei a você o trailer. Entra a trilha sonora e corta para um flashback. Um laboratório em Blackpool. Nele, um grupo de cientistas dedicados faz experiências de ponta com camundongos na tentativa de encontrar a cura da calvície.
— Calvície?
— Nos camundongos. É um problema sério no mundo dos roedores, embora pouco se escreva a respeito. O chefe do projeto é o cientista Chauncey Entwhistle, um bonitão dos diabos, papel que Brad Pitt faria bem, já que adorou o personagem e prometeu se colocar à disposição assim que eu promover a paz no Oriente Médio. Quem cochefia o estudo, a propósito, é uma bióloga loura quentíssima chamada April Foxglove, tipo uma Marie Curie, só que dona de um peitaço. Usa um jaleco branco colante e, quando um camundongo escapa da gaiola, ela grita e levanta o avental, revelando duas pernas compridas bronzeadas e a calcinha fio-dental preta que ganhou de presente dos colegas por figurar entre os finalistas do Prêmio Nobel.

"Mais tarde, na mesma noite", continuou Nasochatus, "Wiggins, o velho zelador *cockney*, ao fazer a ronda, zonzo depois de tomar a sua caneca de cerveja preta, sem querer aperta um botão onde está escrito 'Perigo: Radiação'".

— Que tem como alvo os ratos — emendei, me antecipando.

— Precisamente — confirmou Nasochatus. — Mas atenção: nem todos os camundongos são afetados, só os maus e os frustrados, os que percorreram mil e uma vezes labirintos infinitos sem jamais encontrar o caminho para o saboroso gouda. São essas criaturas amarguradas que absorvem os isótopos energizados e se tornam superinteligentes, embora sociopatas.

— Me dá um frio na espinha só de ouvir você dizer isso — falei, fingindo acompanhar atentamente a conversa, enquanto pensava se no banheiro haveria uma janela aberta que desse para a rua.

— Temos a primeira dica sobre essas inclinações sinistras quando eles pegam uma vassoura, agarram Tabby, a adorável gatinha do laboratório, e, usando o cabo como taco, jogam a pobrezinha pela janela. Ah, esqueci de mencionar que a radiação dá a cada camundongo malévolo a força de cinquenta ratos. Em pouco tempo, a cidade de Londres é assolada por uma onda de crimes. Assaltos, roubos, pirâmides financeiras, o sequestro de um executivo de fundos de hedge e da família dele em troca de um resgate.

— E tudo isso é feito por essas criaturinhas cinzentas de olhos cor-de-rosa e rabos fininhos? — indaguei.

— Exato — confirmou ele.

— Acho que você realmente topou com um troço de peso aí, mas, se me dá licença, estão me esperando num mutirão para consertar o celeiro de uns amigos amishes.

— O problema é que não tenho um final — disse Nasochatus com expressão suplicante. — É aí que você entra. Você é um escriba. Bole alguma coisa, e prometo que vou cuidar bem de você. Claro que não tem adiantamento, mas garanto que os finalmentes serão polpudos. Digamos um décimo de ponto percentual sobre o retorno de 400% do investimento.

— Fechado, Nestor — falei, fazendo menção de me levantar. — Mas não quero aparecer nos créditos. Afinal, foi você quem de fato inventou a essência da trama. E quanto à minha parte no acordo, fique com ela. Graças às minhas traduções dos poemas de Cavafy e à venda de sementes, estou bem de vida.

— Eu sabia que você não me desapontaria — baliu Nasochatus. — Qual é o desfecho?

— Está no último rolo — desembuchei. — Entwhistle, percebendo que os camundongos são dotados de inteligência superior, utiliza a persuasão moral. Põe todos em círculo e lê Kierkegaard para eles. Sem demora, cada camundongo faz a própria profissão de fé e opta por Deus. Resumindo, de ratos de laboratório, eles viram ratos de igreja.

— Você enlouqueceu? — gemeu Nasochatus, decepcionado. — É intelectual demais. Nós dois conhecemos Kierkegaard, mas você acha que o povão já ouviu falar de um cara grego que tomou veneno?

— Ok — concordei. — Que tal o seguinte: Entwhistle ensina patinação no gelo aos camundongos. Eles se tornam exímios patinadores e fazem uma turnê pelos Estados Unidos com um show chamado "Ratanases". Como *gran finale*, vejo um enorme coral de ratos patinadores tocando minitamborins e cantando "Waiting for the Robert E. Lee".

Não sei se Nasochatus entubou o meu aflato, mas o fato é que me perguntou se, caso trocássemos os camundongos por anões, poderíamos usar tamborins maiores. No fim das contas, o banheiro tinha, sim, uma janela que dava para a rua, e depois de cair na Sétima Avenida foi moleza chegar em casa, tomar dois Zolpidens e me atirar nos braços de Morfeu. Não sem antes, porém, botar queijo fresco em todas as ratoeiras.

Faça uma forcinha, você vai se lembrar

No quesito lojas de comida natural, a Artéria Endurecida é tão sólida quanto qualquer outra. Esquadrinhando os nutrientes caros na semana passada em busca de alguma erva ou raiz revitalizante capaz de eliminar uma família de radicais livres que construiu o seu ninho no meu chassi, dei de cara com um frasco de fluido vermelho aninhado como uma cobra venenosa entre o ginseng e a echinacea, cujo rótulo *à la* Ray Bradbury dizia "Memoriac". Arrancado do seu nicho, reivindicava o dom de ser um poderoso aplacador de sede com ginkgo biloba e vários antioxidantes recomendados para ativar a memória. "Pense rápido", provocava a etiqueta no frasco. "Onde estão as chaves do carro? Corta para a música de um game-show da TV. Os especialistas na Function desenvolveram o Memoriac para ajudar nessas situações." No rótulo, em letras nitidamente visíveis para qualquer proprietário de um microscópio eletrônico, vinha a constrangida admissão de que os poderes milagrosos do refresco ainda não haviam sido estudados pela FDA, e que "o produto não tem como objetivo o diagnóstico, o tratamento, a cura ou a prevenção de qualquer doença. Testes ainda não comprovaram a eficácia do seu uso para remover manchas de gordura ou desentupir ralos". Ainda assim, a ideia de um elixir recarregador de neurônios me trouxe à mente a lembrança do meu estimado colega Murray Cipher se preparando para ir a um jantar.

Não posso me atrasar para a festa dos Wasserfiend. Gente classuda. Nada de caviar fajuto hoje. Ascensão social? A vice-presidência para o velho Murray? Dá para imaginar vinte e quatro dedetizadores cumprindo as minhas ordens? Incrível. Que tal estou? Simplesmente fantástico. Essa gravata nova vai deixar todo mundo embasbacado, embora a estampa de tantas claves de sol possa ser excessivamente moderna para o estilo dos convidados. Procurei o presente de aniversário perfeito para o sr. Wasserfiend. Inacreditável, mas a Hammacher Schlemmer é o único lugar na cidade que vende um coração artificial com compartimento para anzóis. Mas, caraca, na pressa para chegar na hora, quase saio porta afora sem o presente. Vamos ver, onde foi que botei o troço? Huuum. Será que larguei em cima do aparador? Com certeza não nesta gaveta. Terei deixado no quarto? Vejamos aqui na mesinha de cabeceira. Quanta tralha! Abajur, despertador, Kleenex, calçadeira, meu livro *Plataforma sutra do sexto patriarca*, de Hui-Neng. Quem sabe no porta-luvas do Saab? Melhor ir correndo lá checar. Que chuva! Cara, um arranhão no para-lama. Foi a droga do rabino pedalando aquele monociclo. Eita! Cadê a chave do carro? Eu podia jurar que estava neste bolso. Não, aqui só tem uns trocados e canhotos de entradas para o show solo de Elaine Strich com elenco exclusivamente negro. Já olhei na escrivaninha? Melhor voltar lá dentro. O que temos aqui na primeira gaveta? Huuum. Envelopes, meus clipes, um revólver carregado para o caso de o inquilino do 2A começar a cantar à tirolesa de novo. Ok, recapitulemos. Hoje de manhã, fui ao Smallbone's para lavar a seco a peruca, parei na casa de Stebbins para devolver as palmilhas ortopédicas e depois fui à aula de gaita de foles.

Ei, para tudo! Aquela atrizinha com quem andei transando e que sempre tomava melatonina para prevenir o *jet lag* quando trepávamos costumava beliscar uns petiscos naturais do Buck Rogers. Isso! Cranial Pops. Supostamente avivavam a memória. Será que ela deixou algum no armário do banheiro? Ah, achei. O que diz na bula? "Não foi testado pela FDA. Pode causar sonolência em homens chamados Seymour." Só vou tomar uns dois. Huuum, é gostoso. Adoro o gosto de fosfatidilserina. Será que tomo mais?

Bom, onde eu estava? Ah, claro. Deixei o presente do sr. Wasserfiend no escritório. Vou pedir à minha secretária, a srta. Facework, para se encontrar comigo na festa. A chave do carro está no cardigã de cashmere cinza no segundo cabide do armário do corredor. Lembro do dia em que comprei esse cardigã, há 16 anos. Uma terça-feira. Estava usando calça bege e uma camisa social da Sulka. Meias cinza. Sapatos da Flagg Brothers. Almocei com Sol Kashflow, o mago dos fundos de hedge. Sol comeu o linguado com ervilhas na manteiga e batatas julienne. Tomou vinho branco, um Bâtard-Montrachet, safra 1964, que, se não me falha a memória, era um tantinho frutado. De sobremesa, um *sorbet* de limão e, depois, dois digestivos de menta. Ou foram três? Engraçado, ele mal tocou na comida. Agitado demais porque a Amalgamated Permafrost tinha acabado de concluir a fusão com uma empresa que desenvolvera um processo para transformar aço em meimendro-negro. Para comemorar, paguei a conta. Cinquenta e seis dólares e noventa e oito centavos. Péssimo custo-benefício, já que o meu lagostim passara do ponto. Consegui chegar à casa dos Wasserfiend bem na hora. Todo mundo embecado. Champanhe a rodo. Pianista contratado. "Avalon". A mesma música que estavam tocando naquela noite em Vineyard Haven com Lilian Waterfowl. Que tirou o maiô. Deusa nua. Arrancou a minha roupa com suas unhas compridas. Nossos corpos tensos de tesão. Fui para cima dela como uma pantera. Quase na hora H, de repente uma câimbra na perna. Panturrilha esquerda? Não, a direita. Deixei escapar um grito lancinante e saí de cima da mulher com um salto. Fiquei pulando de um lado para o outro, o rosto contraído de dor. Qual a graça disso? Cristo, ela rolou de rir. Me acusou de estragar o clima. Me chamou de *schlemiel*, de *nudnik*. Desembestou rumo ao telefone para contar a história aos nossos amigos. Que apodreça junto com o marido estelionatário. O homem tentou esconder seis milhões de dólares em notas pequenas no sapato.

    Isso me fez lembrar da noite na casa dos Hornblow. Não pensava nisso há 15 anos. Eu estava na cozinha vendo Effluvia Hornblow bater um bolo. Asa Hornblow, na sala, discutia com os amigos por conta dos Red Sox, que disputavam nesse dia duas partidas sucessivas com os Tigers. Ganharam a primeira de 6 a 2 e na final ficaram em 4 a 0. Eu podia ouvir a voz dos caras gritando a cada arremesso e a cada rebatida. Deitei-a na bancada da pia e enfiei a língua por entre aqueles lábios escaldantes. De repente, minha gravata prendeu no processador. O botão emperrou, não desligava. A tomada ficava atrás da geladeira, inacessível. Minha cabeça não parava de bater na bancada de mármore. Lembro de testemunhar a formação da grande nebulosa do Caranguejo. Paramédicos. Fui levado de ambulância. Durante duas semanas só conseguia falar em dísticos rimados, sorria amiúde e, de dez em dez minutos, untava o corpo para atravessar a nado o canal da Mancha. A gravata era Hermès. Sessenta e nove dólares e noventa e cinco centavos, e isso já faz tempo.

Olho para a sra. Wasserfiend sentada ali, tão elegante, num pretinho Armani, pérolas singelas e aqueles brincos impactantes — duas cabeças encolhidas pelos índios jivaros com os lábios costurados. Me faz lembrar da vovó. Sempre jogando cartas com o vovô. Roubava debaixo dos olhos do coitado, até que ele ficou cego de um olho, e ela teve de se contentar em roubar pela metade. Vovô era brilhante, passou 15 anos traduzindo *Ana Karenina* para a língua do P. Lembro do dia em que ele teve um colapso, 8 de junho, às 6h16 da tarde. Foi erroneamente declarado morto e embalsamado, a despeito da clara capacidade de dançar o *shimmy* e cantar "Rag Mop". Vovó vendeu a casa e dedicou a vida a servir a Deus. Candidatou-se à santidade, mas não passou no exame de baliza.

O pianista está tocando "You Made Me Love You". Lembro de sempre ouvir essa música quando a mamãe estava grávida de mim. O papai costumava cantar sozinho na frente do espelho o dia todo. Lembro da mamãe me dando à luz num táxi. O taxímetro marcava 48 dólares. O taxista era Israel Moscowitz.

Falastrão. Chamava a esposa de saco de batatas. Lembro que meus pais esperavam gêmeos. Ficaram arrasados quando viram que era só um de mim. Não conseguiram lidar com o trauma. Nos primeiros anos me vestiam como gêmeos. Dois chapéus, quatro sapatos. Até hoje continuam perguntando pelo Chester.

Obrigado pela noite maravilhosa, sra. Wasserfiend. Ah, o nome que lhe fugiu da memória ainda há pouco quando conversávamos sobre a vida de Emily Dickinson é Bronko Nagurski. Saí na hora certa. O efeito do Cranial Pops está começando a passar. De todo jeito, não há dúvida de que fui o hit da festa. Falei em queijo gouda. Em sabonete de lava. Tirei do baú Leo Gorcey e Julien Sorel. Fui capaz de recitar *verbatim* as Filípicas. Lembrei da Schrafft's, na rua 57 com a Terceira Avenida. Cantarolei a música-tema de Mousie Powell e algumas dos Sons of the Pioneers. Lembrei de Menachem Schneerson e de Harry Horowitz. Gente, onde foi que estacionei o carro?

Proibido animais

A PARTIR DO MOMENTO EM que Demóstenes abriu a matraca para soltar as suas pérolas, subiu naquele caixote em Atenas e eletrizou a plebe ignara com a sua oratória inspiradora, ficou claro que as palavras, quando proferidas em tom autoritário, detêm o dramático poder de motivar qualquer ser humano. Basta evocar Lincoln em Gettysburg, Winston Churchill animando os britânicos debaixo de forte bombardeio, Roosevelt destemidamente desprezando o medo, sem falar no que o *Huffington Post* chamou de "talvez as dezesseis palavras mais importantes ditas por Miley Cyrus".

Aparentemente, uma coletiva de imprensa com a superstar eroticamente provocante focou em assuntos nacionais com a inevitabilidade precisa de um míssil teleguiado, e a declaração que ela fez proclamando liberdade sexual incondicional foi digna de um Thomas Jefferson ou de um Thomas Paine:

"Estou literalmente aberta a toda e qualquer coisa que seja consensual e não envolva um animal..."

Esse pronunciamento impudico, passando de raspão pela bestialidade, me trouxe à mente as reflexões sinceras de outra livre-pensadora que conheci. Neste ponto, porém, cedo o espaço para que a própria senhora desembuche de viva voz toda a lúrida enchilada:

Nossa, a vida é tão totalmente imprevisível! Quem diria, assistindo àqueles filmes caseiros de oito milímetros que mostram a pequena Amber Grubnick saltitando pelas campinas verdejantes com o seu golden retriever, Bashful, que o primeiro álbum que ela gravaria para a Autopsy Records lhe renderia um disco de platina? Não estou dizendo que a capa com a imagem daquela que vos fala despojada de qualquer outro invólucro, salvo a própria epiderme e uma braçadeira da Gestapo, não tenha ajudado a aquecer as vendas, porque, convenhamos, sou pra lá de gostosa. Não que me pareça com uma daquelas gatas titânicas da Victoria Secret, com um corpo que inequivocamente prova a existência de Deus. Não, meu *appeal* é estritamente o da mocinha da casa ao lado, que projeta inteligência, valores familiares e a disposição para desempenhar qualquer ato.

Meu primeiro agente, Waxy Sleazeman, não conseguia tirar as mãos de cima de mim. Waxy me descobriu quando eu cantava com a banda de rock Lixo Tóxico no Burgeoning Tumor, uma birosca no centro. Aliás, não foi Waxy quem tirou a minha virgindade, como garantem os fofoqueiros, já que fui deflorada muito antes num elevador empacado do Dry Heaves Motel, cortesia de Luther Headcase, o vocalista da banda Gripe Suína.

Foi Sharkey, porém, quem me lançou na carreira de cantora, e devo dizer que, durante os seis meses em que fomos amantes, ele me ensinou algumas novas posições bem interessantes que parece ter descoberto no mural de um templo em Bombaim. Foi Sharkey quem me apresentou a Nigel Pilbeam, o grande caça-talentos britânico e motor propulsor do meu primeiro álbum. Lembro como fiquei pasma durante o chá da tarde quando ele e a amante, Lady Beancurd, sugeriram um *ménage à trois*. Claro que o choque se deu porque basicamente sou uma pessoa retraída, fruto de uma criação conservadora, e precisei lutar muito para superar a timidez natural e finalmente tirar da bolsa algumas correntes e um vibrador que por acaso levava comigo. Quando o meu álbum virou hit, saí de Nova York para uma grande turnê de shows, e foi então que conheci o playboy internacional Porfírio Moshpit, que era dono de um jatinho e logo me admitiu como membro do Mile High Club. Pôs o avião no piloto automático e transou comigo a quarenta mil pés de altitude. Depois reassumiu os controles, e eu transei com o piloto automático. Porfírio era um iniciado em todas aquelas práticas tântricas e conseguia manter uma ereção eterna. Um dia, fizemos sexo durante 16 horas sem uma pausa sequer, e, quando acabamos, procurei-o na cama, mas achei apenas um montinho de poeira. Depois de Porfírio, quem deu em cima de mim foi Nat Pinchbeck, que ensinava filosofia. Nat gostava de encarnar personagens. Puxávamos um fumo no seu apê, e ele fingia ser Werner Heisenberg e eu, usando uma tanguinha fio-dental, às vezes era uma partícula e noutras uma onda magnética, e o fato de não conseguir determinar a minha natureza exata deixava o cara superexcitado. Certa noite, ele me chamou para ir a uma festa e, bem ao seu feitio, não mencionou a palavra "orgia". Sempre pronta para experiências novas, transei numa sala com vinte e cinco convidados nus e não vi problema algum, embora, na minha opinião, sexo com mais de uma dúzia de pessoas simultaneamente seja demasiado impessoal.

Mais tarde na mesma noite, encontrei uns amigos para bebericar no Fire Trap, um barzinho próximo onde não pude deixar de reparar numa asiática esbelta bebendo sozinha que parecia estar me avaliando, me despindo com os olhos. Tirou a minha saia e a minha blusa com o olho esquerdo e a *lingerie* com o direito. Chegou perto de mim e sussurrou alguma coisa no meu ouvido. Respondi que a sua proposta era um antitesão e que, embora eu não seja chegada a S&M, odeio me considerar uma pessoa careta ou uma desmancha-prazeres cheia de preconceitos contra ser amarrada, encapuzada e espancada até quase morrer. O nome dela era Fay Ling Upwood, e fomos morar juntas numa cobertura chiquérrima. Tínhamos um espelho no teto em cima da cama e, para dar uma ideia de como o nosso relacionamento era cheio de paixão, também tínhamos outro em cima do sofá na sala, da mesa de jantar, mais um no hall do prédio e no elevador. Lembro que fomos convidadas para as corridas no Belmont e, enquanto fazíamos um tour privado nos estábulos que abrigavam os corredores do sétimo páreo, por acaso notei que o favorito, Bold Vontz, olhava para mim da sua baia. Não digo que ele estivesse dando essa bandeira toda, mas, acreditem, sinto uma vibe quando alguém está me azarando. De repente, Fay Ling ficou furiosa, os olhos cor de amêndoa faiscando de ódio.

— Você está tendo um caso com aquele cavalo? — indagou bruscamente.

— Eu? Ora, que bobagem — respondi.

— Não minta para mim — disse ela.

Tremi, com o coração aos galopes.

— Vocês estão trocando olhares — acusou Fay. — Você sorriu para ele e, se não me engano, o cavalo piscou de volta.

— Você pirou — rebati. — Já falei milhões de vezes que sou literalmente aberta a qualquer coisa que seja consensual e não envolva um animal.

— Nem vem, piranha — ganiu a minha alma gêmea, subindo no salto e dando meia-volta, sumindo da minha vida para sempre.

Bom, não só levei um chute, mas acho também que não devia matraquear tanto por aí, porque, quando se é uma celebridade, tudo que dizemos acaba no jornal. No dia seguinte, imaginem, o que falei foi publicado sob a manchete: "Pop star sexy pratica discriminação — Faz restrição a animais". E ainda acrescentaram um close fake da minha boca expressando indiferença total enquanto contemplava um dogue alemão, um peixe-dourado e o vencedor do Grande Prêmio do Hipódromo Pimlico. De repente, a CNN me liga e pergunta se eu gostaria de me defender publicamente sobre os meus comentários politicamente incorretos. Num piscar de olhos, já estavam me crucificando por discriminação nos meus shows, e o álbum foi pro brejo. Apavorada, minha porta-voz, Rose Gorgon, implorou para que eu pedisse desculpas, para que dissesse que o meu comentário fora tirado de contexto e que os limites que estabeleço valem apenas para certos animais, como hipopótamos e cudos-menores. Acho que a minha bajulação em público ajudou a acalmar os bárbaros de plantão, porque alguns fãs aos poucos começaram a voltar e a me perdoar, mas a coisa toda realmente cobrou de mim um preço psicológico. Por exemplo, outro dia, estava jantando tranquila na casa da minha prima Elsie e, do nada, o mainá dela me lança um olhar de paquera do seu poleiro e diz: "Ei, gata, que tal me encontrar no Hotel Carlyle amanhã? Quarto 601. E vá de meia-arrastão!".

A princípio, relutei, mas depois anotei o encontro. Afinal, só me falta agora ser chamada de intolerante por todos os ornitólogos.

Dinheiro pode comprar felicidade — Quem disse?

Com a economia em frangalhos, desempregado depois que o Lehman Brothers faliu, Litvinov se viu torturado ante a escolha diante de si. Deveria arriscar tudo e comprar o Marvin Gardens ou deixar o dinheiro em títulos isentos de imposto até passar pelo Ponto de Partida? O Dow Jones mergulhara mais uma centena de pontos naquele dia, e um colega dele morrera de ataque cardíaco enquanto estava no Estacionamento Gratuito. Correu o boato de que o sujeito tirara uma carta onde estava escrito "Você ficou em segundo lugar num concurso de beleza — Receba dez dólares", mas deixou de declarar o prêmio. Agora a Receita descobrira que os dez dólares estavam escondidos numa conta offshore e, por conta disso, abrira uma investigação. As mãos de Litvinov tremiam ao pousarem o peão na propriedade de cor amarela, e ele ligou para o amigo Schnabel no Morgan Stanley, que o aconselhou a não comprar. "Ninguém sabe o rumo que o mercado vai tomar", disse Schnabel. "Se eu fosse você, esperaria seis meses. Ben Bernanke e Tim Geithner vão se encontrar em Washington para, entre outras coisas, discutir os amarelos. Saberemos mais depois."

Seis meses, pensou Litvinov. A essa altura, Schwimmer já vai ter comprado os três títulos de propriedade amarelos, se eu não impedir. Schwimmer, seu ex-sócio, passara há pouco tempo pelo Ponto de Partida e conseguira dinheiro. Podia comprar. Litvinov, por sua vez, contava com duas propriedades da cor cinza, as avenidas Vermont e Connecticut, mas a ex-mulher, Jessica, tinha a Oriental, e Litvinov sabia que ela jamais a venderia a ele. Já oferecera a Jessica a casa nos Hamptons, acordos mais generosos quanto aos horários de visita aos filhos e a Central de Abastecimento de Água, mas ela se mostrara inflexível. Litvinov sempre tivera problemas com as mulheres. Sua incapacidade de tirar um número dobrado nos dados gerara uma briga pavorosa com a namorada atual, Bea. Ele tinha certeza de que Bea estava de caso com Paul Kindler, que, sabe-se lá como, conseguira que o Citigroup financiasse para ele a compra de um hotel na Orla. Kindler fizera uma transação para ficar com a Orla, e agora possuía ambos os terrenos azuis, mas depois que a economia estagnara, fazendo as viagens despencarem, ninguém mais baixara na sua propriedade. Ele fez reformas e projetou hotéis de luxo com TVs de tela plana em todos os quartos, mas os custos da construção dispararam e surgiram problemas com os operários sindicalizados, que pareciam levar uma eternidade para erguer um punhado de casas. Kindler estava na iminência de falir, quando Breslau, do Goldman Sachs, voltando para casa de uma festa de Natal completamente bêbado, aterrissou na Park Place, onde havia três casas. De repente, Breslau se viu precisando de 1100 dólares. Implorou a Kindler para que esperasse, mas Kindler acabara de tirar uma carta que dizia "Pague o imposto educacional — 150 dólares", portanto tinha necessidade do dinheiro. Não desejando hipotecar nenhuma das suas propriedades, Breslau tomou um empréstimo com agiotas. Quando não conseguiu pagar no vencimento, os caras ameaçaram quebrar suas rótulas. Finalmente chegou a um acordo, oferecendo aos agiotas St. Charles Place em troca de lhe quebrarem apenas uma rótula.

A mulher de Breslau, Rita, era sexy. O casal se conhecera graças ao que os roteiristas de Hollywood chamam de "encontro mágico". Ele tirara uma carta que dizia "Avance até a ferrovia Reading" e ela tirara precisamente a mesma carta, fazendo com que os dois partilhassem uma cabine no trem. A princípio não se entenderam bem, mas, após alguns drinques, ela se despiu e explicou o conceito da relação risco-benefício a Breslau, que se apaixonou perdidamente. Rita ficou ao seu lado durante uma crise deflagrada pela distribuição dos peões. Breslau queria a cartolinha prateada, mas, quando esta coube a Litvinov, sofreu uma amarga decepção. Foi obrigado a ficar com o dedal, fato que os médicos posteriormente consideraram o detonador da depressão que deu origem a anos de intensa psicoterapia. Num estupor apático, ele não percebia quando alguém caía na sua propriedade e as cobranças de aluguel após o jogador seguinte lançar os dados acabaram ocasionando um litígio complicado (Parker Brothers *versus* Secretaria de Educação).

Lou Daimler foi outra história. Tendo crescido pobre, ele jurou que seria alguém na vida, mas, quando teve a ideia de introduzir propriedades castanhas e fúcsias, todos o consideraram visionário ou louco. Frequentou Harvard com bolsa de estudos e se apaixonou por uma moça de Boston. A família possuía as três propriedades verdes. Todas com hotéis, claro. Achavam que Daimler era um caçador de dotes, mas quando tirou "Erro do banco a seu favor — Receba duzentos dólares", ele usou o capital para abrir uma empresa de internet, pela qual recebeu a oferta de seis bilhões de dólares, embora se recusasse a vender, a não ser que o comprador incluísse ao menos uma carta "Habeas corpus". E havia também Porchnick, da Quadrangle, que possuía diversas propriedades modestas e pedira falência. Os agentes do Tesouro descobriram que ele havia escondido várias centenas de milhares de dólares em notas amarelas de quinhentos debaixo do tabuleiro, pretendendo transferi-las para contas na Suíça. O pobre do Porchnick se viu desempregado e falido aos 58 anos e tomou um vidro de comprimidos para dormir. Seu bilhete de despedida foi revelador: "Para a minha amada Claire, deixo a avenida Mediterranean. Espero que o aluguel de dois dólares permita que você viva com o mesmo conforto a que foi habituada."

A tragédia derradeira foi a de Milo Vorpich. Quando o Merrill Lynch foi para o buraco, Vorpich botou tudo o que tinha debaixo do colchão. Todos os depósitos e saques eram efetuados diretamente do seu Sealy Ortopédico. Foi quando o novo governo destinou dois bilhões de dólares do pacote de incentivos a pessoas com dinheiro nos colchões, determinando que o valor do benefício fosse estipulado pelo FED de acordo com o tamanho do colchão. O de Vorpich era um queen-size, e ele recebeu uma ajuda substancial. Decidiu casar-se com a namorada da juventude, mas, quando cumpriu a ordem impressa numa carta que dizia "Volte três casas", a moça se recusou a esperar por ele, que jamais conseguiu alcançá-la de novo. Como se tudo isso não bastasse, Vorpich caiu na casa "Vá para a prisão". Permaneceu lá por vários anos e finalmente dela saiu, emergindo na avenida Illinois, onde foi recebido por um amigo com um Cessna particular e um passaporte mexicano. O plano era voar sobre Park Place e a Orla, evitando assim os elevados aluguéis, e se estabelecer em Cuernavaca. Infelizmente, o avião ficou sem combustível e ele se viu obrigado a pousar na avenida Pennsylvania, onde foi morto num tiroteio com agentes federais.

Quando o emblema no seu capô é Nietzsche

COMO TEORIA, O EMBURRECIMENTO dos Estados Unidos tem comprovações. Para tanto, basta ligar a TV, abrir um jornal ou entabular uma conversa sobre nutrição com uma atriz. Esse emburrecimento, no entanto, segundo um artigo com que topei no *New York Times* não afeta os carros. Não só esses espertinhos de lata agora se dirigem sozinhos, como circulam boatos na comunidade tecnológica dando conta da existência de projetos de carros com cérebro, aptos a tomar decisões existenciais. Decisões do tipo "Dou uma guinada abrupta e evito atropelar a velhinha que está atravessando na minha frente, e ponho em perigo o meu proprietário, ou priorizo a vida dele e arranco a dentadura da vovó?". Uma perigosa área moral cinzenta ameaça se instalar, ou, em outras palavras: quando se confere ao meu Buick a mesma liberdade de escolha de Nikolai Stavrogin, cuidado. E agora que eu trouxe à baila o velho moscovita, será que a sua confissão é mais instigante do que a que transcrevo a seguir? Vejamos.

***

Minha aparência é ilusória. Corpo aerodinâmico, dois para-choques bem torneados, suspensão a ar, amortecedores fantásticos e um par de faróis que a *Sports Illustrated* fotografou para o seu número de trajes de banho. Previsivelmente, todo neandertal acha que, com um chassi como o meu, não tenho nada ativo lá em cima. Que enorme equívoco! Para começar, sou totalmente versado nos clássicos, de Platão a Kant, Wittgenstein e tudo o mais que se possa imaginar. Sem falar nos grandes romances, nas escrituras sagradas e nos textos de psicologia. Sei que você provavelmente vai se perguntar o que um beberrão de gasolina como eu está pensando da vida ao citar os *Cantos* de Pound ou Freud. A verdade é que nunca se sabe quando será preciso confiar em Aristóteles ou Confúcio ao enfrentarmos o dilema de bater num poste ou atropelar um sujeito saído da Zabar's com *bagels* fresquinhos. Foi por isso que, quando o sr. Ivor Sweetroll entrou no showroom, arrancou a etiqueta de preço e saiu me dirigindo ou, melhor dizendo, eu saí dirigindo com ele dentro, fiquei feliz como pinto no lixo. Ter um proprietário do meu nível cultural era tudo o que eu queria na vida. Levei-o a museus e teatros e vez por outra à Universidade de Columbia. Tivemos ótimos papos sobre Jesus, Homero e o Rigveda, sob um ponto de vista estritamente automotivo. Claro que precisei tomar um punhado de decisões existenciais, e é para isso que paga quem me compra. A primeira foi quanto a um gordo agitado usando um fez vermelho que surgiu do nada, segurando uma cerveja e um brinquedo de choque elétrico para apertos de mão. Essa foi fácil, pois decerto não iria frear e pôr em risco a segurança do sr. Sweetroll. Calmamente mantive o rumo e passei por cima da perna do boçal, levando-o a emitir o som que um humano emite quando o paraquedas não abre. Uma escolha menos óbvia se apresentou na tarde da Parada Alemã de Nova York, quando quatro homens vestindo trajes típicos voltavam para casa e atravessaram o meu caminho sem respeitar o sinal, criando para mim um dilema moral. Dou uma guinada no volante e protejo o meu proprietário, embora se trate de apenas uma vida *versus* quatro? Os utilitários optariam por salvar o maior número de vidas possível, mas implico com o traje típico, e embora lutasse para minimizar o massacre, atingi o infeliz que se chamava Emil e fiz o que os jogadores de bilhar chamam de carambola, usando a sua cabeça, uma freira e a lateral de um prédio. A hora do aperto mesmo foi quando um indivíduo que reconheci como um violoncelista de renome internacional cortou o meu caminho na sua bicicleta. Tendo ouvido a sua interpretação sublime das sonatas de Mozart, julguei o seu valor para a humanidade superior ao de Sweetroll. Abruptamente, girei o volante para evitar a colisão e acabei subindo na calçada e atravessando a vitrine da Rifkin's Delicatessen, onde atingi sr. Sol Greenblatt, jogando-o em cima do prato de cereais da esposa. O júbilo dos advogados que saíram aos magotes das suas tocas era previsível, e não demorou para que este que vos fala acabasse com um cartaz de "Vende-se" preso sob os limpadores de para-brisa.

O comprador seguinte revelou-se, descrevendo-o de forma lisonjeira, a antítese absoluta de Ivor Sweetroll. Morey Lumbrigoyd produzia profissionalmente a quintessência do lixo e era um desses egocêntricos que gostam de mencionar o próprio nome quando pontificam, tipo "Então ele disse a mim, Morey: 'Prevejo que a sua próxima série médica de TV, *Margem de segurança*, vai ser um estouro'". E ele estava certo, mas o que estourou foi o teto do apartamento de baixo. Lumbrigoyd andava sempre no banco traseiro exercitando o músculo trapézio de alguma bem-dotada aspirante a atriz. Casado com uma mulher que lembrava Yasser Arafat, o homem não passava de um mulherengo compulsivo que prometera papéis a tantas atrizes que cruzaram o seu caminho que precisou produzir um *remake* de *Guerra e paz* com um elenco exclusivamente feminino. Nitidamente, entretanto, ele não era feliz. Tinha pesadelos e um sonho recorrente em que ficava à deriva no mar a bordo de uma jangada na companhia de um anão que cantava à tirolesa. Ele me pediu o nome de um bom psicanalista, mas aconselhei-o a não desperdiçar dinheiro com isso. Eu podia muito bem lhe dizer tudo que ele precisava saber sem cobrar oitocentos paus por cinquenta minutos de silêncio lunar. Com base nas nossas conversas, meu diagnóstico foi transtorno de personalidade limítrofe. Ainda criança, ele tinha entrado sem bater no quarto dos pais quando o casal estava transando e pegara o pai usando uma galhada de alce. A verdade é que a sua infidelidade vinha criando uma grave crise moral para mim, e, um dia, depois de levar a esposa traída ao Bergdorf's para comprar um pretinho justo que fazia com que ela ficasse igualzinha a Arafat num pretinho justo, o Imperativo Categórico tomou conta de mim, e optei por agir. Comecei a recitar um saboroso cardápio de piranhas que Lumbrigoyd comera em variados motéis, incluindo na lista o amasso no banco traseiro com uma atriz pornô que enfiara a língua no ouvido dele fazendo a peruca girar em sua cabeça como um disco na vitrola. Visivelmente chocada, Minna Lumbrigoyd subiu trôpega as escadas da townhouse do casal e, enquanto procurava a chave na bolsa, vi que a sua mão tremia tanto que até hoje não consigo entender como foi capaz de acertar um tiro bem no meio da testa do marido.

Meu terceiro dono foi T.D.A.H. Dildarian, o famoso físico que provou que o Kleenex que vem grudado naquele que tiramos da caixa é uma ilusão de ótica. Dildarian estava atrás de um presente com um toque pessoal para o aniversário da esposa, o que me fez levá-lo à Hammacher Schlemmer, a única loja da cidade onde é possível comprar um bóson de Higgs. Eu estava à sua espera, estacionado na entrada, admirando os vários artigos luxuosos na vitrine — um batedor de ovos termonuclear, palmilhas ortopédicas de ouro maciço, uma dama de ferro —, quando repentinamente dois homens saíram correndo de um banco, com os revólveres fumegando, carregados de sacolas de dinheiro. Percebendo que eu era um carro que dirigia sozinho, o que os deixaria com as mãos livres para revidar os tiros, escancararam a minha porta, entraram, fizeram uma ligação direta e saímos em desabalada carreira com as viaturas da polícia logo atrás. Nesse momento, uma sensação estranha tomou conta de mim, uma sensação de liberdade existencial. Me dei conta de estar participando de um crime e me enchi de uma euforia estonteante. De repente, me vi exatamente como Raskolnikov ou Meursault, sendo os bancos estofados a única diferença. Autêntico, afinal, fui avançando sinais vermelhos, enfim batendo de frente numa tal velocidade com um Mitzvah Móvel que vinha em sentido contrário que o choque arrancou a barba do rabino Dov Shimmel, fazendo-a sair voando em meio à multidão, onde se extraviou, voltando a ser vista apenas meses depois à venda no eBay. No momento, estou numa esteira rolante, esperando que o triturador de carros me transforme num bloco de ferro velho. Meu conselho: da próxima vez que comprar um carro, nem pense num que seja capaz de discorrer sobre mônadas e Novalis. Opte por mais espaço para as pernas e boa quilometragem por litro.

Por cima, em volta e por dentro, Vossa Alteza

Jantar sozinho no Ivy, em Beverly Hills, faz um cara se sentir um bocado vulnerável, sobretudo se ele detiver poder suficiente para aprovar projetos. Foi por isso que, quando o garçom se aproximou de mim e cochichou que o petisco louro em cujo ouvido eu pretendia soprar enquanto degustasse o guisado telefonara com uma crise de nervos, pedi uma saladinha rápida e escondi discretamente o rosto atrás de um exemplar da *Hollywood Reporter*. Eu mal mergulhara numa matéria que dizia que a Universal vinha barganhando os direitos de filmagem de *O luto de Electra*, de O'Neal, com patinadores no gelo, quando me dei conta de uma *nuage* no formato de um hífen tracejando a minha cestinha de pão. Erguendo os olhos, fiquei cara a cara com o corpulento roteirista-barra-diretor que reconheci vagamente como Hugh Farsantich, um urdidor de alucinações em trinta e cinco milímetros em quem o nosso estúdio apostara vários anos antes ao contratá-lo para incrementar *Os psicóticos zumbis da Lua*, nossa continuação de *Os Buddenbrook*. Mais recentemente, eu sabia, ele havia sido rebaixado à lista B, graças a uma série de roteiros que deram origem a produções enviadas diretamente para o cemitério de Forest Lawn, e agora sobrevivia exclusivamente por conta de um subsídio de quatrocentos dólares, sacáveis toda terça-feira, bastando para recebê-lo simplesmente responder às perguntas "Você trabalhou na semana passada? Procurou emprego?".

— Justo quem eu queria encontrar — disse ele, ocupando, qual uma lula, o lugar vago à minha mesa.

— Se quer falar sobre o remake de *Os brutos também amam* com um elenco exclusivamente formado por anões, nossa cota de produção está esgotada — falei, me lembrando de um esboço de roteiro contrabandeado dentro de um burrito a fim de driblar a segurança com o pedido de um restaurante mexicano.

— Não, não — disse ele, descartando o que eu falara com um gesto. — O que proponho é um pequeno bafejo de inspiração à prova de falhas com absoluta garantia de arrecadar cifras mensuráveis vistas apenas por meio do telescópio Hubble. Ia produzir pessoalmente em Sundance como independente por quarenta mil paus, mas acredito que, por mais sessenta e oito milhões, dê para fazer com o sindicato.

Ciente, na condição de executivo de Hollywood, que um megassucesso que nos escape das mãos pode resultar num acordo de rescisão contendo exclusivamente um único cristal de antracita, concedi a Farsantich um instante para vender o seu peixe.

— Qual é a maior história de amor do século XX? — perguntou ele, os olhos faiscando e tão injetados que projetavam uma sombra cor-de-rosa no meu suéter.

— São tantas... — sugeri. — Pode ser qualquer uma, de Scott e Zelda a Joe D. e Marilyn. Tem também a de JFK e Jackie, sem contar a de Bonnie e Clyde.

— Você me dá licença para incluir aí a do duque e da duquesa de Windsor? — indagou Farsantich, usando a minha Perrier para engolir dois comprimidos do tamanho que se usa para dopar puros-sangues.

— Genial! — gani.

Ali estava uma ideia que não apenas tinha o carimbo de Oscar, mas também poderia ser capaz de salvar o estúdio do dilúvio bíblico de tinta vermelha que inundara os nossos livros contábeis por conta de épicos como *A escarradeira do padre Simeon* e *A papada do irmão Sebastião*.

— Já estou vendo Eduardo VIII loucamente apaixonado — emendei, entusiasmado. — A decisão torturante de desistir ou não do trono por causa de uma norte-americana divorciada. Será que o seu dever é com os súditos ou com o próprio coração?

Pedindo um guardanapo com um contrato impresso, que no Ivy sempre está à mão precisamente para esse tipo de ideia espontânea, tirei do bolso a minha Montblanc:

— Já estou com o esboço aqui — falei, animado. — Veja só: "Cupido *versus* a Coroa."

— Só que vamos deixar tudo isso de fora — disse Farsantich, tirando a tampa de algum tipo de beberagem medicinal orgânica que levava consigo e tomando um gole. — Mas não se preocupe, *boychick*, essa não é a essência da história. — Remexeu no bolso da calça e tirou de lá um punhado de anotações manchadas de guacamole. — Bolei algumas situações e falas para costurar uma narrativa sem pisar nos calos dos outros maiorais que legalmente detêm os direitos e sem dúvida reagiriam com o que o meu advogado, Nolan Contendere, chamaria de uma ação judicial à prova de bala.

— Situações? Falas? — bali.

— Dê uma olhada nisso — disse Farsantich, enfiando na minha mão a sua apresentação.

Baixei a cabeça e li:

Fade in: Uma vasta mansão em Belgravia. Seu recheio suntuoso sugere estirpe e sofisticação. A imponente escadaria de mármore flanqueada por tapeçarias nas paredes, os inestimáveis tapetes Aubusson, a coleção de vasos das dinastias Tang e Sung dão ao local uma atmosfera acolhedora e confortável. Estamos no pied-à-terre do duque e da duquesa de Windsor. As câmeras avançam sobre o dolly e flagram a duquesa debruçada sobre o fogão, com uma receita na mão, refogando um punhado de dinheiro. O duque descansa no seu gabinete particular, tendo acabado de tirar as medidas para o alfaiate confeccionar um guarda-chuva de vicunha.

Duquesa: Meu querido, nossa vida não é perfeita? Desde que você deu o aviso prévio de duas semanas para largar o cargo de mandachuva de Gales, o que resultou nas nossas núpcias escandalosas, vivemos um ciclo incessante de passeios de iate, caça à raposa e convites para jantares. A propósito, se Hitler ligar, diga que ele pode encontrar aqueles brindes de festa de que tanto gostou na Harrods.

Duque (*mal-humorado*): Hã, hã. Pode deixar.

Duquesa: Ei, o que anda preocupando você ultimamente, Olhos Azuis? Faz dias que está cheio de melancolia. Não me diga que ainda não superou por completo o fim da temporada das trufas?

Duque (*batendo um cigarro, com expressão séria, na cigarreira cravejada de esmeraldas*): Eu estava no clube numa dessas manhãs me empanturrando de beluga, quando, por algum motivo, reparei nas gravatas dos sócios. De repente, os nós que sempre achei adequados, sabe-se lá por quê, me pareceram... Como dizer? Me pareceram um bocado minguados. Tentei examinar a gravata cashemere sob medida que estava usando para ver se o meu nó era tão mixuruca e irracional quanto os deles, mas, por mais que eu encostasse o queixo no pescoço, não conseguia ver por causa do meu nariz. Nervoso, corri para o espelho, concentrei o olhar entre as pontas do colarinho e me dei conta de que a minha vida é uma farsa.

Duquesa: Mas, Edward, o nó *four-in-hand* é a opção dos cavalheiros ingleses desde que Hector era um filhotinho. Se não me engano, as instruções para fazê-lo corretamente constam da Magna Carta.

Duque: De repente, tudo começou a girar. Me bateu um suor frio e arranquei a gravata, ocasião em que dois cavalheiros me ergueram pelos braços e me depositaram na calçada, já que o restaurante exige paletó e gravata.

Duquesa: Hum. Agora que você mencionou, acho que Adler, um colega de Freud, fala do pânico que certos homens sentem quando a parte de baixo da gravata fica mais comprida que a de cima, mais larga. Segundo ele, essa sensação está associada ao medo de castração.

Duque (*resmungando*): Preciso criar um novo nó. Algo mais volumoso e mais simétrico. Euclides... Tenho de estudar Euclides.

Ergui os olhos do pequeno bafejo de inspiração de Farsantich e, imaginando aonde levaria a sua premissa, comecei a sentir um leve enrijecimento da espinha não de todo diverso da sensação que provoca um dardo embebido em curare.

— Vejo, pela expressão embevecida no seu rosto, que você já foi fisgado — observou ele, me olhando com a intensidade febril que vemos nas fotos do Mahdi. Enfiando a página dois na minha mão, Farsantich insistiu para que eu continuasse a ler.

Corta para meses mais tarde: *Uma sequência de cenas do duque em ação tentando uma variedade de nós, mas sem sucesso. A duquesa, buscando se ocupar, pratica o Watusi com base num diagrama de dança desenhado no chão.*

Duque: Estou perdido! Perdido! Cheguei a achar que o problema era o tecido, e por isso abandonei todas as minhas gravatas de seda e de tricô e encomendei algumas de borracha vulcanizada. Mas, quando usei uma delas, o nó ficou tão gordo que Jessica Mitford achou que eu tinha bócio. Até contratei um grupo de pescadores portugueses que tecem redes à mão para fabricar algo para mim, mas a gravata que fizeram acabou se revelando insuficientemente elegante, embora num passeio ao longo do Tâmisa eu tenha conseguido pescar quatro salmões.

Duquesa: Albert Einstein ligou e disse que pode tentar lhe ensinar a dar nó na gravata-borboleta, mas, como você tem conhecimentos limitados de mecânica quântica, provavelmente não vai funcionar. Sugeriu que usasse gravatas de encaixe e disse que adaptar-se a elas seria mais simples, sobretudo com a sua preferência pela lei do menor esforço.

Duque: Ele não sabe que a minha religião proíbe isso? Se eu passasse a usar uma gravata de encaixe, não poderia ser enterrado num cemitério cristão.

Erguendo os olhos do texto, com o hipotálamo engolfado por um tsunami de melatonina, senti que era hora de cair fora. Fiz sinal para o garçom trazer a conta e comecei a me despedir:

— Estou meio atrasado. Uma família de quatro pessoas está sendo embalsamada num dos nossos reality shows e preciso checar a maquiagem.

Farsantich implorou para que eu prosseguisse até o clímax, que modestamente comparou ao último ato de *Rei Lear*.

— Passou-se um ano — matraqueou ele, bloqueando-me a saída e me agarrando pela lapela do paletó. — O duque, escavando em Alexandria, topa com o fragmento do papiro de Isósceles, o que lhe dá uma pista do formato do nó que deseja. Mais tarde, no clube do duque, seus amigos pretensiosos estão lhe passando um sermão. "Esse caroço", diz um deles, apontando para a gravata de Edward, "esse baita triângulo, esse nó *Windsor*...", prossegue o sujeito, dando uma piscadela e provocando nos demais um ataque de riso, à exceção de um único sócio, que se comove e redige uma veemente defesa da gravata do duque. Claro que se trata de Bertrand Russell. P.S.: Já falei com Leo DiCaprio sobre o papel de lorde Russell e ele amou a ideia, contanto que possa rodar o filme todo no Caesars Palace. E então a tela escurece...

Foi aí que à minha volta tudo também escureceu. Enquanto eu estava inconsciente, me disseram depois, dois homens imaculadamente vestidos de branco surgiram, portando credenciais psiquiátricas inquestionáveis e equipamento para caçar lepidópteros, e embarcaram Farsantich à força numa van que se achava à espera. Aprovar um projeto como esse daria origem a demasiadas perguntas do tipo "Você trabalhou essa semana? Procurou emprego?".

Nada melhor que um cérebro

OUTRO DIA, TATEANDO o assoalho para encontrar o exemplar de *Três diálogos entre Hylas e Philonous* que escorregara das minhas mãos quando a minha consciência falseou, consegui localizar o livro debaixo da mesinha de cabeceira e, levantando a cabeça com um ligeiro excesso de euforia, alvejei a arandela com um estrondo que soaria familiar a cinéfilos que se recordam do gongo da J. Arthur Rank.

Coincidentemente, eu lera justo naquela manhã uma resenha no *New York Times* de um livro sobre trauma cerebral e a sua capacidade de induzir sinestesia, um fenômeno capaz de, a partir de um único golpe, gerar gênios das artes, das ciências e levar a um leque de outras miraculosas façanhas matemáticas de ginástica mental. Recordei-me de ter eu mesmo vivenciado uma dessas exóticas aventuras cranianas, que relato aqui por escrito, provendo assim um documento formal cientificamente projetado para liberar energia plena ao entrar em combustão com o emprego de um fósforo comum.

Foi numa tarde do meio do verão, do tipo que apenas Turgenev ou Strindberg poderiam rapsodiar a respeito com aptidão, dado o talento de ambos para traduzir os variados esplendores da natureza. Eu, por outro lado, um ser urbano raivoso menos apaixonado pelos gorjeios de cotovias e grilos e mais chegado ao barulho trovejante do tráfego, para citar o bardo de Peru, Indiana, perambulava sem rumo na Avenida Madison, embalado pelo balido confortante de uma ambulância em disparada. Foi quando ouvi aquela voz:

— Morris! Morris Inseam! — Virei-me, e lá estava ela, conforme eu me lembrava da época da escola, duas décadas mais velha, porém ainda uma beldade de botar no chinelo qualquer uma das deusas de mármore de Praxíteles.

— Rita Moleskin! O que você está fazendo aqui? — perguntei, discretamente pondo no bolso os resíduos derretidos do meu Snickers com uma destreza que mataria Cardini de inveja.

— Acabei de alugar um apê em Gotham City — respondeu ela, num tom que esbanjava implicações provocantes. — Hesiod e eu não somos mais um casal e aluguei um apartamento com a intenção de começar vida nova.

Na faculdade eu tivera uma paixonite aguda por Rita, mas jamais achei que ela me daria bola. A despeito dos meus dias de glória como capitão do time de totó ou das minhas apresentações cômicas nas horas vagas com Ivo, uma marionete feita de batata, aparentemente eu não conseguia despertar o interesse daquela quentíssima portadora de dois cromossomos X e de uma dentucinha letal. Era sempre o poeta da classe, o intelectual da classe, o cientista da classe que achava um jeito de amolecer o coração de Rita e, a partir daí, levá-la direto para o banco traseiro do Nash que lhe pertencia.

— Sempre dei o meu corpo livremente para homens incomuns — confessou-me Rita, já no Benelmans Bar, depois de ambos termos emborcado um par de dividendos potentes cada. — Homens distintos, interessantes. Mas eu não era a única que achava você um pustulazinho soporífero — explicou-me com uma franqueza incrementada pela vodca. — Todas as minhas colegas da fraternidade Phi Delta Bundas fingiam estar com lepra quando você ligava. A questão é que eram tantos os caras fascinantes no campus... Lembra do Harvey Pondscum? Hoje ele é um arquiteto super bem-sucedido. Se você já foi a Israel, deve ter visto a fantástica torre do relógio na praça Chazerai. Mohandas Crestfallen vai estrear uma peça na Broadway: uma tragédia de assassinato e vingança parecida com *Rei Lear* sobre os malefícios do glúten. Isso sem falar nos meus três maridos, que eram brilhantes em suas distintas jurisdições. Word Spellcheck era um psiquiatra especializado em sexualidade feminina. Escreveu o livro-bíblia *Como chegar ao orgasmo em um apartamento com aluguel controlado*. Sem esquecer, lógico, o meu grande caçador branco, Atticus Wunch. Nos conhecemos num safári no Quênia, passamos a lua de mel no Serengeti. Infelizmente, o rifle dele travou e um leão o obrigou a subir numa árvore. Apavorado, ele ficou em cima da árvore durante sete anos, e o nosso casamento foi legalmente anulado.

— Gostaria de ter conhecido você entre os casamentos — falei, maravilhado ao ver que a sua tez de porcelana não ostentava marca alguma da passagem do tempo.

— Não faria diferença — retorquiu Rita. — Você não teria chance. Por favor, não me entenda mal, mas você sempre foi um insetinho desbotado sem talento nem diferencial, sem graça e medíocre como queijo munster.

— Não se acanhe — insisti —, não há motivo para dourar a pílula da sua avaliação com tato e eufemismos.

— Porque, para mim, um homem precisa ser especial — prosseguiu Rita, servindo-se de mais uma dose de batata russa fermentada. — Meu último marido era inventor. Projetou um vídeo de tela plana que também servia para limpar peixes. Ganhou milhões. Uma história horrível. Foi para o Columbia Presbyterian para uma operação de apêndice rotineira e o paraquedas não abriu. Me deixou rica, ainda provocante, uma pantera sexualmente ativa nadando na grana. Você faz o quê?

— Não sei se você conhece aquele quiosque de papaya na rua 86... — comecei, arqueando as sobrancelhas do jeito sedutor e confiante que era a marca registrada de Clark Gable, porém sem conseguir baixá-las depois. — É uma bebida muito refrescante, como também é a nossa água de coco.

— Você é dono de um quiosque de papaya? — indagou ela, incrédula.

— Não sou exatamente o dono. Veja, eu nunca me formei. Precisei largar a faculdade. Se é que você se lembra, Penúria Knox engravidou e eu fiz o que me ditou a honra: removi as minhas digitais com ácido e fugi para a Letônia.

— E cá estamos — sussurrou ela. — Passados tantos anos, sentados de frente um para o outro à luz de velas na penumbra de um bar. Eu ainda desejável, em busca daquele Mr. Right especial, e você, beirando a decrepitude, mas segurando as pontas. Tudo bem, talvez meio barrigudo e provavelmente com uma leve osteoporose, mas com a mesma peruca sintética e o mesmo olhar vazio, ou seja, o Morris de sempre.

— Ainda amo você — falei. — E tendo em vista que estamos ambos livres e desimpedidos, que tal se...

Desde que a moça sentada na minha frente no cinema Loew's Pitkin precisou ser carregada para fora a fim de recuperar o fôlego depois das palhaçadas dos Irmãos Marx eu não ouvia uma gargalhada tão titânica. Com isso, Rita pegou a conta e se levantou.

— Eu pago — disse ela, peremptória. — Você acabaria com cotovelo de tenista de tanto espremer frutas para bebidas tropicais a fim de saldar esta hipoteca.

Me passou pela cabeça fazer um banzé e arrancar a conta da mão dela, mas temi que uma exibição tão brutal de força pudesse parecer excessivamente machista.

— Eu deixo a gorjeta — insisti, abrindo com um estalo a minha carteira e garimpando moedas de centavos enquanto várias traças ali residentes alçavam voo.

Na rua, levei-a até a sua casa, conversando sobre isso e aquilo, tentando impressioná-la com as histórias da minha breve experiência como Navy SEAL[2] onde me cabia a tarefa de jogar peixes para os nossos homens toda vez que concluíam com sucesso uma missão. Na porta do apartamento, pensei em lhe roubar um beijo, mas reparei que, toda vez que eu me

---

2 Jogo de palavras com Navy SEAL, uma força especial da Marinha estadunidense, cuja sigla significa "Sea, Air, Land" (Mar, Ar, Terra), e a palavra "seal", "foca" em inglês. (N.T.)

aproximava, seus dedos apertavam com força uma latinha de spray de pimenta. Despediu-se de mim e explicou que adoraria me convidar para entrar, mas já era tarde, e, me agradecendo por curá-la da insônia, me deu boa-noite. Em seguida, abriu a porta e, como numa foto de Weegge, flagrou um ladrão que, apressado, recolhia os pertences valiosos dela. Agarrando o meu braço, Rita me empurrou para o confronto com o avantajado meliante. Foi então que percebi que o destino dera a Morris Inseam um *royal straight flush*. Ali estava a minha oportunidade de bancar o Davi diante daquele Golias saqueador, de virar herói aos olhos de Rita e, com sorte, sair da sua lista de zeros à esquerda. Agora os meus anos de kung-fu renderiam frutos preciosos. Ágil como uma onça, adotei a postura de combate clássica, agachado e ameaçador, as mãos erguidas transformadas em armas letais prontas para triturar sem piedade todos que ousassem me enfrentar.

Soltei um grito de guerra japonês de gelar o sangue, e depois disso só me lembro de um objeto, não muito diferente de uma frigideira, descrever um arco gigante antes de aterrissar no topo da minha cabeça, imitando a fixação do prego de ouro na cerimônia de inauguração da nossa primeira ferrovia transcontinental. Após um breve cochilo durante o qual sonhei que estava cantando "Soliloquy", de *Carousel,* para uma plateia de ratinhos brancos, acordei no sofá de Rita, tendo o ladrão se evadido. Afora um calombo do tamanho de um kiwi, eu estava intacto.

— Pobrezinho — consolou-me Rita, apertando um saco de gelo de encontro ao meu lobo frontal. — Quando ele coroou a sua cabeça com a frigideira, admito que me esforcei para não cair na gargalhada. Isto é, nada mais parecido com uma comédia-pastelão. Você desabou como um saco de batatas vazio. Felizmente, ando sempre com spray de pimenta; do contrário, aquele idiota ainda estaria afanando as minhas louças. Se eu fosse você, aliás, pediria um reembolso do que pagou por aquelas aulas de judô.

— Estou ótimo — falei, ignorando o sarcasmo irônico. — Felizmente, meu coco é um bocado duro. Por falar nisso, você sabia que, em 12 de novembro de 442 a.C., uma terça-feira, Sócrates comeu cordeiro e batata assada no almoço em Atenas?

— O quê?

— Enquanto na mesma data em 1856, Dostoiévski almoçou galinha à Kiev, *borsch* e, como acompanhamento, cenouras saltadas na manteiga.

— Do que você está falando?

— Me diga o nome de qualquer figura histórica e qualquer data — pedi, ansioso.

— Como assim? Por quê?

— Vá em frente.

— Fra Angelico, 5 de março de 1446 — rebateu ela.

— O jantar foi um badejo assado, macarrão com brócolis e, de sobremesa, tiramisú, seguido, acho, por um espresso duplo. — Rita agora apenas me olhava boquiaberta. — E Tomás de Aquino, na quarta-feira de 7 de abril de 1255, pediu dois ovos estrelados com as gemas moles, que ele devolveu, porque especificara que queria o salmão ao lado e não picado e em cima dos ovos.

— Nossa, Morris, você é um sujeito erudito! — exclamou Rita.

— Domingo, 5 de agosto de 1685: Leibnitz quer empadão de galinha, mas está tentando perder peso. Obriga-se a optar pela salada de folhas variadas, mas bota tudo a perder quando pede o molho da casa, que é de Roquefort. — Eu não conseguia mais parar. — Sexta-feira, 6 de janeiro de 1591, Christopher Marlowe: jantar com amigos. Ganso com molho de maçã e repolho ralado. Era um restaurante alemão. Coube a ele pagar a conta, embora Sir Walter Raleigh tivesse feito a reserva.

Rita estava em pé, com os olhos marejados. Dava para perceber o seu espanto e a sua admiração.

— Ah, Morris! Eu... eu nunca vi uma coisa dessas! Que dom! Que mente extraordinária.

— Segunda-feira, 6 de julho de 1604. El Greco pede a sopa de ovos, mas sem glutamato.

Essa epifania impressionante me levou direto até a cama de dossel de Rita e a seis meses paradisíacos, que só terminaram quando uma bola rebatida no Shea Stadium foi de encontro ao meu hemisfério esquerdo, me devolvendo às fileiras dos manés comuns e fazendo Rita me dar o fora.

Continuo vendendo sucos tropicais na rua 86, mas aposto que sou o único nesse mercado de trabalho que ainda se lembra que, na mesmíssima quinta-feira em 1756 em que compôs a sinfonia "Júpiter", Wolfgang Amadeus Mozart pôs no bucho uma piña colada e duas salsichas com molho de mostarda.

Rembrandt no fotochart

JUSTIN, O CAVALO ARTISTA,
ATRAI A ATENÇÃO INTERNACIONAL

Segundo a BDRB, o animal, com um pincel na bocarra de cavalo, cria pinturas abstratas e impressionistas que foram vendidas por mais de US$ 2,500.00.

Huffington Post

TUDO COMEÇOU DEPOIS DA exposição individual de Pantufnik no Meatpacking District ano passado. Primeiramente, porém, permitam que eu me apresente. Sou Urban Sprawl, proprietário da Sprawl Gallery. Minha especialidade é assumir riscos e garimpar novos gênios, e, embora nenhum dos pintores que promovi tenha ainda se tornado o Pollock ou o Rothko da sua geração, venho conseguindo, graças a uma combinação de jejum criterioso e lavagem de roupa para fora, manter o meu probóscide um comprimento de Planck acima do nível do mar.

Na verdade, as avaliações sobre Irving Pantufnik, a meu juízo um pintor de indisputável visão, acrescentaram menos à nossa reputação do que eu previra, e desde o primeiro dia ficou claro que as vendas caminhavam sem entraves direto para o buraco. Seria de imaginar que entre todos os escribas e especialistas em arte que cobriram a exposição uma palavra além de "lixo" ocorresse ao menos a um deles, embora eu tenha me ressentido, sobretudo, de uma sugestão dos críticos de que os quadros de Pantufnik seriam mais contundentes se pendurados com a frente para a parede. Naturalmente, reafirmei ao artista que a minha fé no seu talento não diminuíra e que a galeria lhe daria apoio, embora a realidade do mercado impusesse que arrancássemos as telas das obras e vendêssemos apenas as molduras. Abalado por essa agressão mais recente ao meu critério estético e precisando repelir uma infestação de credores visigodos, achei que um ou dois dias de afastamento da tensão e da hipocrisia do mundo das artes talvez fosse o refresco de que precisava para restaurar a minha autoconfiança e refrear o impulso que vinha brotando no meu íntimo de testar a sensação de pisar num trilho condutor de eletricidade.

E foi assim que, num sábado, parti de carro para uma pousada na Pensilvânia que prometia tranquilidade, boa comida e, quem sabe, até algum saudável contato com a natureza. Embora a viagem tenha começado sob um céu azul, não demorou para que eu percebesse que as nuvens se avolumavam acima. Logo começou a garoar, o que me obrigou a parar numa fazenda para pedir informações. Meu GPS, tão confiável quanto um camelô, me desviara do rumo e, em lugar de seguir para Bucks County, eu estava próximo de Niagara Falls.

O fazendeiro, um coroa chamado McFetish, não podia ser mais amistoso e me convidou para entrar e tomar uma xícara de ruço quente. Imagino que "rústico" seja o *mot juste* para o seu muquifo, mas, a despeito do chão de terra batida, dos utensílios de metal barato e da mobília surrada, não pude deixar de reparar numa boa quantidade de pinturas notáveis espalhadas aleatoriamente pela casa. Havia paisagens com tons melancólicos que saltavam da tela e uma natureza-morta retratando maçãs tão parrudas quanto balas de canhão numa fruteira. Os acrobatas e bailarinos esbanjavam energia, e me vi boquiaberto diante da originalidade das ninfas e dos sátiros brincalhões, tudo registrado com pinceladas de um virtuoso, um colorista do nível de Miró. Estupefato, indaguei quem era o pintor, já que há anos eu não punha os olhos em obras tão impactantes. McFetish respondeu:

— Ah, essas pinturas são do Waldo.

— Do Waldo? Waldo de quê? — perguntei. — Qual é o sobrenome?

— Ele não tem sobrenome — respondeu o sujeito, soltando uma gargalhada. Levantando-se da cadeira de balanço, então, me levou até o estábulo, onde vi um estropiado pangaré de carga mascando feno. — Este é o mestre! — resfolegou McFetish, apontando para o quadrúpede.

— Como assim? — insisti. — Você não vai querer me dizer que ele pintou aquelas telas, não é?

— Não consigo botar o bicho para trabalhar. O safado passa o tempo todo mexendo com tintas.

Quando me recusei a acreditar que o cavalo tivesse pintado os quadros, sobretudo o retrato de Diana Vreeland, McFetish pôs no chão uma tela em branco e deu um pincel a Waldo, que o prendeu entre os dentes. Relinchando, o animal então pintou uma das mais pungentes versões da Crucificação que eu já vira. McFetish, simplório como Jeca Tatu, ignorava totalmente o que tinha e se mostrou exultante por passar adiante Waldo e toda a sua *oeuvre* por módicos seiscentos pilas, incluídas aí todas as obras relevantes da fase azul do cavalo. Voltando a toda para Nova York e esbanjando euforia, me programei para instalar Waldo e organizar uma exposição individual. O único senão era que o artista, dono de quatro patas e um rabo, poderia reduzir todo o fenômeno a uma mera novidade, depreciando seriamente o seu valor de mercado. Num frenesi, logo inventei um gênio fictício, que batizei de Fra Lippo Fensterblau e assinei o seu nome em cada tela com um floreio. Agora só precisava abrir as portas da galeria, dar um passo para trás e fechar as vendas. Nossa, que sucesso! De um lado a outro da Great Jones Street o burburinho era geral! Quem aparece, então, na Sprawl Gallery? Ninguém menos que Harvey Nagila, o magnata de Hollywood. Nagila ficara quadrilionário graças ao ganhador do Oscar de melhor filme, *Os zumbis pelados de Plutão*. Adquirira recentemente a velha propriedade de Jack Warner em Holmby Hills e estava fazendo uma reforma, transformando as antigas senzalas em quadras de tênis e decorando a mansão com uma mescla de Luís XVI e Cro--Magnon. Numa tentativa de se firmar como autêntico membro da elite, Nagila pretendia começar uma coleção de arte, e comprou seis quadros de Fra Lippo, transformando o pintor na mais nova coqueluche do mundo das artes entre os iniciados da Tinseltown. Colecionadores de Malibu a Beverly Hills adquiriam telas e aguardavam ansiosos um encontro com o gênio, uma visita ao seu estúdio e talvez a oportunidade de encomendar retratos — sem falar numa oferta de sete dígitos para que ele fosse a Hollywood servir de consultor para um astro top que faria o papel de Tintoretto no filme *Pinceladas e despojos*, prestes a ser rodado. De início, me esquivei, dizendo que Fensterblau era um solitário excêntrico, mas, conforme o tempo passava e nada da minha conversa fiada podia ser comprovado, começaram a correr versões de que talvez a coisa não fosse tão *kosher* quanto parecia. Quando Rose Banshee, uma daquelas jornalistas de fofocas que escrevem em tabloides hollywoodianos, publicou um artigo sem citar nomes revelando que alguém em Nova York vira uma conta de mantimentos do artista e que uma quantia absurda fora gasta com feno, entrei em pânico. Fiquei mais aliviado depois de dar um telefonema para o meu advogado, Nolan Contendere, que me garantiu que, num processo por fraude, embora a minha responsabilidade financeira pudesse ser pesada, a pena de prisão não excederia cinco anos. Àquela altura, já me habituara a refogar o meu Xanax para variar o sabor. De repente, me ocorreu que Morris Prestopnick, um ator desempregado que eu conhecia, que no momento botava comida no próprio prato tirando chope no balcão do Regurgito, um bar no Queens, podia ser a minha bala de prata. A carreira de Prestopnick sofrera um tranco quando o seu Hamlet fora comparado pelos críticos a Hortelino Troca-Letras, fazendo com que o ator corresse para buscar consolo junto a um certo sr. Jack Daniels. A princípio, ele achou que encarnar um pintor estava abaixo do seu talento, mas quando soube que iria representar para importantes membros da comunidade cinematográfica, encarou a coisa como o primeiro passo numa carreira que levaria a um contrato para três filmes acompanhado de casa, piscina e serviço de valet.

Montamos o esquema enquanto comíamos escabeche de carne e, dois dias depois, Prestopnick, tendo desenvolvido uma elaborada história de vida para a persona do fictício Fra, sentou-se ao meu lado num 747 a caminho de La-La Land para uma festa em sua homenagem na Xanadu de Nagila, em Holmby Hills.

As coisas começaram bem, embora a meu ver fosse totalmente dispensável o uso de uma boina e uma barba postiça *à la* Van Dyke para caracterizar o personagem como pintor.

A decisão de dar a Fra Lippo um pé torto e uma megalomania amarga revelou-se um exagero sem sentido para o pessoal de cinema, habituado a atuações menos bandeirosas, e gerou alguns cenhos franzidos. A despeito do juramento solene de Prestopnick de abandonar o *blended malt*, flagrei-o emborcando sub-repticiamente no mínimo cinco doses de Jack para acalmar os nervos. Bajulado a princípio por celebridades e mandachuvas, o ator errou a mão ao se pavonear de forma arrogante e correr de um lado para o outro sem rumo na personificação do egomaníaco beligerante que criara com base nos protocolos de Stanislavski. Quando diversos convidados questionaram a sua credibilidade e o ator J. Caroll Nosh observou que o seu sotaque ora era húngaro, ora coreano, percebi que começava a lhe brotar suor frio na testa. Com o nível etílico na corrente sanguínea de repente revertendo séculos de evolução, ele investiu contra os convidados, furioso.

— Meu Deus — uivou —, que coleção de palermas fúteis. Então essa é a realeza de Hollywood? Peço licença para rolar de rir.

De início, a plateia classe A não acreditou ter ouvido direito. Então, agarrando o Oscar de Nagila exposto sobre a lareira, Prestopnick berrou de forma desafiadora que um Oscar não chegava aos pés de um Tony da Broadway, que trapaceiramente lhe haviam roubado pelo desempenho eletrizante de Asa Muchnick em *Ragtime Cretin*.

— Impostores da Costa Oeste, vocês acham que têm bom gosto, não é? — vociferou. — Pois bem, vocês é que são a piada, idiotas. Essas telas foram pintadas por um cavalo. Isso mesmo, um cavalo segurando um pincel entre os dentes.

Com isso, um ricaço de Bel Air pulou da poltrona e gritou:

— Claro! Isso explica por que, quando desembrulhei a paisagem que comprei dele, caíram alguns grãos de aveia!

— Tudo bate com a matéria do *Entertainment Tonight* — vituperou outro — sobre um certo fazendeiro que encontraram chamado McFetish.

— Então não é arte, é mera excentricidade — berrou um terceiro. — Como aquela galinha que faz jogo da velha em Chinatown.

— Que gosto refinado — sacaneou um convidado, apontando para Harvey Nagila. — Quanta gargalhada essa história vai render no próximo encontro da Associação dos Produtores.

Nagila ficou um pimentão e começou a fazer o mesmo barulho que faz um fliperama antes de dar *tilt*. Então, muitos dos presentes perceberam que haviam sido igualmente engambelados a ponto de preencherem cheques, momento em que todos os olhos se voltaram para mim, enquanto era posta em votação uma moção para conseguir um tambor de piche e retalhar as almofadas do sofá a fim de juntar penas. Somente o meu gênio criativo, digno não de um Lucas Cranach, o Velho, mas de Douglas Fairbanks, o Velho, me salvou, e, num abrir e fechar de olhos, saí por uma janela aberta e pulei as altas cercas vivas que impedem 99% dos mortais de observar os seus superiores consumirem ovas negras e margaritas. Então, numa corrida em tempo recorde, aportei no aeroporto de Los Angeles, de onde parti para a cidade que nunca dorme.

No que tange a um certo mestre equestre, meu consultor jurídico achou melhor aposentá-lo e deixar que exercesse o dom exclusivamente por lazer, à semelhança do grande Winston Churchill. Claro que estou me fingindo de morto até que o tufão de ações judiciais se afaste para o mar, e venho evitando as musas, embora tenha notado que o meu gato, ao brincar em cima das teclas do piano, conseguiu extrair delas um punhado de sonatas que podem facilmente ser comparadas a qualquer composição de Scriabin.

Crescer em Manhattan

SACHS CASOU CEDO DEMAIS, às pressas e pelo motivo errado. Talvez em alguns casos casar aos vinte anos funcione, mas, se a cabeça anda nas nuvens, a realidade se torna um exercício demasiado extenuante. A noiva tinha só dezessete, mas amadurecera muito mais que ele. Gladys era uma garota ruiva de aparência meiga, inteligente e séria, ansiosa para encarar a vida. Por que tamanha pressa, só Deus sabe, mas eis que surge Sachs com suas ambições artísticas e um leque de sonhos impossíveis, e de repente dá-se um clique. Ou eles imaginam ouvir um. Assim, duas semanas depois de receber o diploma do ensino médio, Gladys Silvergloss faz um upgrade no sobrenome ridículo para Gladys Sachs. O noivo, Jerry, despediu-se dos pais com um abraço e saiu a toda do apartamento de ambos para meter-se numa união que funcionou às mil maravilhas durante mais ou menos uma semana, quando, então, o *Titanic* começou a fazer água e adernar lentamente.

Sachs foi criado em Flatbush, no andar térreo de um prédio quadrado e sem brilho de dez andares e tijolinhos vermelhos batizado com o nome de um patriota. Edifício Ethan Allen. Ele achava que um nome melhor para o lugar, dado a fachada suja, o hall de entrada sombrio e o zelador bêbado, seria Edifício Benedict Arnold. Os pais eram judeus seletivamente praticantes. O pai, Morris, comia bacon e carne de porco fora de casa, mas ensinou ao filho pequeno que foi Deus quem criou o mundo em seis dias. Na opinião de Sachs, se tivesse levado mais um tempinho talvez chegasse a um resultado melhor. Segundo o diagnóstico dos genitores, o senso de humor do rebento não passava de um defeito de nascença. A mãe, Ruth, era uma mulher zangada que transformou o hábito de reclamar numa expressão artística. Os pais brigavam sem parar e aos gritos, de um jeito tão azedo e repulsivo que Sachs brincava com os amigos que essas discussões tinham inspirado Picasso a pintar *Guernica*. Sachs não via a hora de sair de casa, mudar-se para o outro lado da ponte que cruzava o East River e levar a vida na ilha de Manhattan. Era apaixonado por Manhattan desde pequeno, quando via no cinema como viviam os nova-orquinos. Como os setenta milhões de outros norte-americanos que cresceram nos anos 1930 e no início dos anos 1940 e se refugiavam da própria miséria nos palácios dos filmes, Sachs foi educado pelos contos de fadas em celuloide de Hollywood. O resultado foi que a Manhattan fantasiada por ele não era a verdadeira Manhattan, mas aquela inventada pela MGM, pela Paramount, pela Fox e pelos irmãos Warner.

 O pai de Sachs era um alfaiate na Howard Clothes, o que significava ser um desses homúnculos rabugentos com o giz branco, fino e quadrado na mão, chamado para marcar o comprimento dos punhos ou alargar as calças de alguns endinheirados que cismavam ainda vestir manequim 32. Morris Sachs comparava pejorativamente o emprego a veneno para ratos e dizia a quem se dispusesse a ouvir que, se lhe oferecessem uma única oportunidade, alcançaria uma boa estatura no mundo dos negócios. Ainda assim, continuou sendo um homem que jamais superou a estatura de um dedal. A esposa, Ruth, uma mulher perpetuamente desprovida de encantos que dava a impressão de voar numa vassoura, conformava-se com os quarenta dólares semanais que o marido ganhava e aparentemente extraía prazer de reuniões de família que atestavam o perene status de nulidade de Morris. Jerry, o filho precoce, sonhava com o dia em que pudesse morar num apartamento chique em Manhattan com a sua versão de Katharine Hepburn ou Carole Lombard. O fato de estar apaixonado por Katharine Hepburn, de *Núpcias de escândalo*, e Tracy morar em Philly, e não em Manhattan, não o perturbava. Manhattan simbolizava um estilo de vida, mesmo ficando geograficamente na Filadélfia, estilo de vida esse que ele queria para si. Conversou com Gladys sobre largar a faculdade e sobre a sua ambição de escrever peças. Ela considerava os sonhos dele factíveis e românticos, e, depois de um ano de namoro adolescente, certos de que o amor tudo vence, ambos embarcaram no *Titanic*, deixaram Flatbush para trás e rumaram diretamente para o iceberg do casamento.

Sachs trabalhava na sala de correspondência de uma agência teatral, e Gladys, numa imobiliária durante o dia, estudando à noite no City College para ser professora. Ele escrevia até meia-noite, lutando para emular seus ídolos: Tchekhov, Shaw e o grande O'Neill. Era uma baita viagem, com efeito, da sala de correspondência até *Longa jornada noite adentro* ou *Pigmaleão*, mas os seus propósitos eram louváveis e não comerciais. Como nos filmes dos quais se alimentava, ele e Gladys lutariam no início, superariam problemas tragicômicos e espantariam os reveses com gargalhadas. Pouco antes de rolarem na tela os créditos, o nosso herói estreia um tremendo hit na Broadway e o casal está morando numa cobertura na Park Avenue com um telefone branco. Bem, não exatamente. O apartamento real, claro, não tinha nada a ver com um duplex luxuoso no Upper East Side. Era uma quitinete num prédio sem elevador na Thompson Street. Aconchegante, moderninho e Greenwich Village. Sinalizava bons presságios para um artista promissor e a jovem esposa, exceto por um detalhe: a química era ruim. Ele havia sido reprovado em química no ensino médio e agora o problema ressurgira. Para começar, os dois não estavam de acordo em muita coisa, e os aborrecimentos mais triviais se transformavam em gritos e lágrimas. Não que Sachs alteasse a voz, mas Gladys tinha o pavio curto característico das ruivas. Justiça seja feita, quando lhe agradara a ideia de ser esposa de um escritor, ela não incluíra no pacote um misantropo melancólico, obcecado pelo trabalho e cronicamente depressivo, que, na opinião dela, punha demasiada ênfase em sexo. Os dois haviam tido uma dose razoável de intimidade pré-marital, e ela sempre fora cordata e participativa, embora, em termos de desejo, não chegasse aos pés do marido. Ele ingenuamente presumira que, quando se casassem, a ação pra valer teria início, mas começava a se convencer de que sexo não estava no topo da lista de prioridades de Gladys. O carimbo nupcial não dera a ela licença para se assumir como uma acrobata criativa consumida pela luxúria. O quarto, porém, era apenas um dos campos de batalha. Por mais que tentasse, Sachs não conseguia achar graça nas amigas da mulher nem nas suas ambições provincianas de dar aulas, ter filhos ou comprar um forno. Gladys, por sua vez, não conseguia fingir entusiasmo pelas coisas que davam prazer ao marido: jazz, Ogden Nash, filmes suecos. As histórias dela careciam de clímax e a sagacidade dele não era reconhecida. No entanto, nenhuma dessas falhas técnicas havia sido notada durante o período de namoro, talvez porque fossem apenas dois estudantes simplórios loucos para sair de casa e assumir as rédeas do próprio destino, que varreram os sinais de alerta para debaixo do tapete. A mãe de Sachs fora contra o casamento e queria que ele se formasse no Brooklyn College, na esperança de que acabaria aviando receitas num balcão de farmácia. Não era uma leitora voraz como o filho e nunca ouvira falar dos seus deuses Tchekhov ou O'Neill. Torcia para que Sachs seguisse os passos do sr. Rexal e do sr. Walgreen. Nada tinha contra Gladys e a considerava uma moça boa e equilibrada, com os pés no chão.

— Por que ela precisa correr esbaforida para se casar? — perguntou. — Ainda mais com um rapaz que largou os estudos e que agora jamais vai passar de um pé de chinelo.

Os pais da noiva também desaprovavam com firmeza o casamento, mas, depois que Sachs vendeu um esquete satírico para um espetáculo de teatro de revista e conseguiu uma menção elogiosa na *Cue Magazine*, concluíram que Gladys talvez tivesse algum faro. E durante os primeiros anos de convívio, com o trabalho e as horas extras dedicadas a escrever ocupando o tempo dele e o emprego e a faculdade noturna ocupando o dela, o destino felizmente lhes provia um espaço limitado para dar nos nervos um do outro. Isso não significa que não houvesse momentos de prazer em que os dois riam juntos e se abraçavam como nos tempos de namoro, mas essas ocasiões não eram suficientes para contrabalançar as desavenças. A capacidade de Gladys para apreciar qualquer filme, peça ou refeição medíocres incomodava o marido, que creditava tal atitude à falta de discriminação da esposa, que, por sua vez, achava-o demasiado crítico e se irritava com o seu chorrilho de queixas psicossomáticas. Certa vez, quando ele perdeu a paciência e a chamou de "membro do clube do QI rasteiro" porque precisara lhe explicar a graça de uma charge da *New Yorker*, Sachs se remoeu de remorso, descobriu-se incapaz de escrever e comprou flores para compensar. A essa altura, ele arrumara um emprego num programa de TV matutino escrevendo piadas sobre temas atuais, emprego este que detestava, mas que o arrancara da sala de correspondência e pagava muito bem. Uma notícia genuinamente boa chegou quando uma peça de sua autoria foi escolhida para uma produção off-Broadway. Para comemorar, Sachs levou Gladys ao Toots Shor's, onde jamais pusera os pés, tendo apenas lido a respeito. Foram examinados da cabeça aos pés pelo *maître*, que lhes deu uma mesa na Sibéria. Divertiram-se um bocado e, na saída, ele deu ao garçom o dobro da gorjeta esperada. Também gratificou escandalosamente o *maître*, a moça da chapelaria e o porteiro, pois teria preferido morrer a dar uma gorjeta demasiado pequena por engano. No jantar no Toots, a ideia de consultar um conselheiro matrimonial veio à baila e ambos acharam que valia a pena pensar no assunto, mas jamais passaram da ideia à ação.

Jerry Sachs adquirira muito tempo antes o hábito de burilar suas ideias criativas caminhando e fazendo malabarismos com elementos da trama. Em vez de suar para sanar problemas de segundo ato ou atinar com a cena final diante da sua Olivetti portátil, perambulava pela cidade e deixava que a mudança de ambiente lhe atiçasse a imaginação. Com frequência caminhava no Central Park e gostava de se sentar num banco específico próximo ao lago de barquinhos à vela para ficar contemplando os apartamentos e as coberturas da Quinta Avenida. Imaginava os seus moradores, perguntava-se se as suas vidas de alguma forma lembrariam as cenas que tanto o encantavam enquanto crescia. Haveria ali, naquele exato momento, gente bonita trocando ideias brilhantes e bebericando coquetéis num cenário digno de Cedric Gibbons? Gostava de pensar que, se a peça fosse um sucesso off-Broadway e conseguisse chegar à Broadway e estourar, algum dia talvez pudesse morar bem acima da cidade que amava, vestir um smoking para jantar e convidar os Lunt ou Noël Coward para visitá-lo. E quem era a sua mulher nesses devaneios? Irene Dunne? Carole Lombard? Katharine Hepburn? O que o deixava mais triste era a certeza de não ser Gladys. Ele simplesmente não conseguia se imaginar passando o resto da vida com Gladys. Morrendo nos braços dela. Gladys era uma pessoa encantadora que daria uma ótima esposa para o homem certo, mas Sachs não era o homem certo e se recriminava por isso. Logo, o sol começou a mergulhar em algum lugar atrás de Nova Jersey, como ele costumava dizer, e uma suave claridade dourada banhou as fachadas dos prédios ao longo da Quinta Avenida. Nova York não podia ficar mais bonita que isso. Bateu nele uma sensação de melancolia, melancolia de Manhattan com a sua trilha sonora cinematográfica se insinuando, deixando-o triste, porém de um jeito agradável. Gostava de se deixar envolver prazerosamente pela melancolia, o que representava uma contradição do ponto de vista lógico, mas onde estava escrito que tudo precisa fazer sentido? Retornava com frequência àquele banco e assistia mentalmente àqueles filmes escapistas, mas sempre acabava voltando para a quitinete no prédio sem elevador para encarar os votos equivocados que Gladys e ele haviam corrido para trocar sem pensar. Tinha 22 anos agora, e a situação entre os dois não melhorara nem piorara. Andava à deriva. Tolstói escreveu que cada família infeliz é infeliz de formas distintas, e Sachs e Gladys estavam sempre inventando novas formas. Talvez se negasse a jantar com a irmã dela e o marido, um corretor obcecado por rafting em águas claras, um tema de conversa tão fascinante para Sachs quanto os Manuscritos do Mar Morto. Teve também a vez em que Gladys achou que uma das gravações favoritas de Sachs da Orquestra de Count Basie era barulhenta demais. E, definitivamente, Sachs não estava interessado em viajar para colher maçãs com ela e outro casal em Vermont nem praticar arco e flecha com o cunhado. Gladys desenvolvera ultimamente um certo interesse por política liberal, e embora Sachs também fosse um liberal, não lhe agradava acompanhá-la a concertos de música folk. O golpe mais duro, porém, foi quando ela declarou que não havia problema em morar na cidade agora, mas se um dia tivessem filhos, Manhattan não era lugar para criá-los.

Um dia, no meio da primavera, quando os botões se abriam e o Central Park esbanjava beleza, Sachs estava sentado no seu banco preferido, tentando descobrir como encerrar o primeiro ato da sua peça com algo engraçado. A beleza da primavera em Nova York era uma das poucas coisas quanto às quais ele e Gladys concordavam. A mulher odiava o verão e considerava o inverno um castigo. Para Sachs, o verão na cidade era divino, com todo mundo viajando. Sem dúvida, como dissera Larry Hart, Nova York fora feita *"for a girl and a boy"*. Sachs amava todas as estações em Manhattan: as nevascas de inverno, os passarinhos de abril, as folhas secas vermelhas e amarelas do outono. Tudo o emocionava. Naquele momento contemplava os telhados da Quinta Avenida, enquanto uma canção de Richard Rodgers tocava na sua cabeça. No lago dos barquinhos, alguns almirantes amadores manobravam suas réplicas de embarcações por controle remoto ou apenas deixavam a brisa cumprir essa tarefa. Naus em miniatura singravam o mar plácido do Upper East Side da cidade. O ar cheirava a madressilvas recém-abertas em botão. Sentiu-se enlevado, sem rumo na sua melancolia enigmática, pensando na peça e em como faria a plateia sair animada para o intervalo. Escapou-lhe a princípio o fato de alguém ter se sentado do outro lado do banco. Durante algum tempo não prestou atenção, mas o delicioso aroma de tabaco de um Lucky Strike obrigou-o a dar uma olhada para a esquerda, e foi quando a viu. Como o personagem Brick em *Gata em teto de zinco quente*, que bebe até ouvir aquele clique no cérebro, Sachs escuta distintamente um clique no dele. Sentada a poucos centímetros de distância está uma jovem bastante encantadora, e encantadora na medida exata que Sachs sempre considerou especialmente atraente. Um rosto com frescura campestre, cabelo escuro, olhos escuros, olhos violeta, pele branca e um rosto que não era apenas bonito, mas bonito de uma maneira interessante. Cabelo até os ombros, pouca ou nenhuma maquiagem, algo de que não precisa mesmo. Para Sachs, a aparência dela lembra a de uma camponesa sexy da Polônia ou da Ucrânia, mas os olhos projetam uma sofisticada malícia urbana. E como se tudo isso não bastasse, ela é levemente dentuça, o que para Sachs equivale a uma bênção divina. Trocando em miúdos, se ele fosse um fliperama, todas as suas luzes estariam piscando, as sirenes tocando e o aviso de "prêmio máximo" brilhando. Sachs sempre acreditou piamente em amor à primeira vista, e já viu em dezenas de filmes adoráveis o sentimento se viabilizar sob as mais improváveis circunstâncias.

Sachs não duvida sequer por um segundo de que ela tenha o dom que Cole Porter descreveu como "aquilo que faz os passarinhos se esquecerem de cantar". *Numa lista infinita de atributos*, pensa, *todos que considero especiais ela tem pra dar e vender*. Já a ama tanto quanto é possível amar uma estranha sem ouvi-la falar e estragar tudo. A moça está usando uma capa de chuva Aquascutum, aberta, e um vestido curto de algodão branco, meias soquetes brancas e mocassins, além de uma enorme bolsa de couro a tiracolo que mataria de inveja qualquer carteiro. Dentro dela, é possível ver em edição de bolso *Senhorita Júlia*, de Strindberg. As orelhas, furadas, ostentam argolas de prata de tamanho médio. Além dos brincos, não usa joia alguma. Nem relógio, nem — o mais importante — anéis. Sachs não é bom de paquera. Na verdade, nunca paquerou. Teve alguns encontros antes de Gladys, mas, em geral, com meninas que conhecia da escola ou arranjados por amigos. As poucas vezes em que se encantou por alguém numa sala cheia de gente, a timidez o deixou paralisado. Na presença de mulheres bonitas, sempre se viu como o polo passivo, um vendedor inepto perdido num mercado comprador. Jamais suportou ouvir a própria voz tentando tornar natural e espontâneo o momento em que, na verdade, dois estranhos estão sondando o terreno para descobrir se têm algo em comum para, quem sabe um dia, partilharem um túmulo no cemitério. Ademais, sempre se sentiu constrangedoramente consciente dos próprios desejos sexuais, que lhe parecem estar escritos na sua testa como as notícias que passam na fachada do prédio do *Times* na rua 42. Com Gladys, foi ela quem puxou conversa numa festa de Réveillon. Se ela não tivesse lhe pedido educadamente para sair de cima do seu pé, talvez os dois jamais se tornassem marido e mulher.

Sachs não quer ser flagrado olhando fixo para a moça, mas não consegue tirar os olhos dela. Tenta passar a impressão de estar concentrado nos arranha-céus da Quinta Avenida e em mais nada, porém se descobre incapaz de resistir a olhar de soslaio para o rosto da desconhecida, o que produz uma fusão das suas endorfinas com os feromônios dela e... Tchan! A química já está presente. Mas... Logo ela terminaria de fumar, se levantaria do banco e sairia da vida dele. Sachs voltaria para casa, ocuparia mais uma vez o lugar de sempre em frente a Gladys na mesa de jantar, ocuparia mais uma vez o seu próprio lado na cama e tornaria a se curvar sobre a Olivetti portátil datilografando ficção, sempre ficção, imerso num mundo de faz de conta. Nesse exato momento, já está criando mentalmente a história trágica de um homem que se apaixona por uma moça que encontra no Central Park, com a qual não consegue falar por excesso de inibição, arrependendo-se disso pelo resto da vida. Ele a vê dar uma última tragada no cigarro e jogá-lo fora. De repente, escuta um som horripilante e se dá conta de que é a própria voz.

— Por favor, não me considere grosseiro, mas não pude deixar de notar que está lendo *Senhorita Júlia*. Sou dramaturgo e Strindberg é um dos meus autores favoritos, por isso conheço essa peça de trás para a frente e, se você tiver alguma dúvida, adoraria ajudar.

O Grilo Falante de Sachs, que às vezes interage com ele e costuma ser bastante crítico, lhe dá os parabéns. "Aí, *schlemiel*, doeu tanto assim?", pergunta o grilo. Embora seja o Grilo Falante, soa como a mãe de Sachs.

— Estou ensaiando uma cena para a minha aula de teatro — diz a moça com um sorriso meigo e caloroso, fazendo Sachs desejar sair correndo para se casar com ela na prefeitura.

— Então você é atriz — comenta ele, dando-se conta de ser essa uma rebatida nada brilhante no pingue-pongue da conversa.

— Estou me esforçando ao máximo.

— É um ótimo papel, e você parece perfeita para ele.

— Acha mesmo?

— Acho.

— Será que não devo perder um quilinho?

— Imagina! Você tem o corpo com que todo homem sonha.

— Nossa, você é um bocado ingênuo — diz ela, rindo.

— Você é uma srta. Júlia perfeita, e se tiver qualquer pergunta sobre a personagem ou os temas...

— Tenho uma pergunta, sim.

— Manda!

— Por que você não para de olhar para o meu apartamento?

— Como assim? — indaga Sachs. — Vai me dizer que você mora numa daquelas coberturas? — Seus olhos se esbugalham a ponto de parecerem dois ovos estrelados.

— Moro naquela ali, a do terraço.

— Estou pasmo — diz ele. — Venho sempre aqui para me sentar neste banco e ficar imaginando histórias sobre as pessoas que moram naquelas coberturas elegantes. Talvez um dia eu escreva uma peça sobre alguém como você. Se tiver a sorte de vir a conhecê-la melhor.

A essa altura as batidas do coração de Sachs lembram um tom-tom num ritual de sacrifício humano.

— Moro com meus pais. Eles são interessantes, mas não sei se daríamos bons personagens de uma peça. Não existe muito conflito.

— Você cresceu em Manhattan?

— Nasci e cresci de frente para o lago dos barquinhos.

— Então o Central Park é uma espécie de jardim da sua casa.

— Acho que se pode dizer que sim, já que eu e os meus colegas de escola passávamos um bocado de tempo no parque durante a infância. E por que não? Ele nunca decepciona. Ainda adoro vir me sentar aqui, ficar vendo o vai e vem das pessoas e fumar. Minha mãe não me deixa fumar em casa. Diz que a fumaça penetra no estofado dos móveis.

Sachs imagina o apartamento dos pais dela. Nada de capas de plástico, supõe. Nada de oleados, nada de linóleo. Quando era pequena, jamais tomou suco de laranja ou leite achocolatado em copos de geleia.

— E aí, que história você bolou para uma peça sobre mim e a minha família? Ou vou ter de esperar e pagar uma baita grana para assistir no Morosco?

Ele está adorando o som da voz dela, assim como o seu jeito de falar.

— Imagino vocês como gente fina e elegante trocando diálogos instigantes enquanto tomam drinques. Claro que as únicas coberturas que já vi na vida foram em preto e branco no cinema Midwood, ou no Loew's King, ou no Brooklyn Paramount. A propósito, meu nome é Jerry Sachs — diz, estendendo a mão para ser apertada, mão que ela aperta e, por um breve instante no caótico cosmos sem sentido, ele se vê segurando algo importante.

— Lulu Brooks.

— Lulu? Como a Luluzinha dos quadrinhos?

— É Lucinda, mas todo mundo me chama de Lulu — explica ela, abrindo um sorriso amplo que faz Sachs perceber pela primeira vez que aquele rosto estampa inocência e sensualidade ao mesmo tempo. Mais uma contradição num mundo especialmente projetado para que ele jamais o entenda.

— Sempre gostei da Luluzinha — observa ele. — Quando era pequeno eu adorava os desenhos e a misteriosa assinatura espartana da cartunista, Marge.

— Para mim lembra mais "Lulu's Back in Town". Você nunca deve ter ouvido a música, mas tem uma ótima gravação do Fats Waller. Sabe quem é Fats Waller?

— Ah, agora você acertou na mosca. Sou bastante versado em jazz para piano. Conheço tudo, de Cow Cow Davenport a Cecil Taylor. Fats é um dos meus preferidos. O que me espanta é você conhecer o Fats.

— Eu amo o Fats cantando. Ele e Billie Holiday me fascinam — diz ela. — Adoro cantar.

— "You're Laughing at Me", "How Can You Face Me", e "There'll Be Some Changes Made", com Gene Sedric na clarineta.

— Eu toco piano. Estudei com John Mehegan, já ouviu falar?

— Não... não... Eu...

— Toco basicamente para me acompanhar. Gosto de cantar e gosto de representar. Adoraria atuar num musical.

— Em que faculdade você estudou?

— Na Brandeis, mas larguei para poder me dedicar à carreira. Não tenho paciência. Um dos meus inúmeros defeitos.

— Eu larguei o Brooklyn College — emendou ele. — Também estava impaciente para me mudar para Manhattan e tomar de assalto a cidade. Mas não com um musical. Eu queria escrever *The Iceman Cometh* ou *Senhorita Júlia*.

— Alguma das suas peças já foi encenada?

— A primeira está programada para o outono.

— Tem um papel para uma garota mimada de 21 anos que largou a faculdade?

— Bem que eu gostaria. Não, os personagens são todos mais velhos. Mais velhos e desiludidos. Mas a mãe é mimada.

— Posso fazer o papel de desiludida, mas, na vida real, não sou cínica. Ou sou? Acho que ainda conservo a maioria das minhas ilusões.

— Agarre-se a elas. Precisamos de ilusões. Sem uma boa dose de autoengano, seria difícil chegar ao final do dia.

— Ei! Sua peça é tão pessimista assim?

— O'Neill é a minha maior influência.

— Ele herdou essa visão de Nietzsche — concordou ela.

— Ah, então você conhece a história de O'Neill.

— E de Freud — acrescentou ela. — Freud foi o pessimista-mor.

— Pessimismo não passa de realismo com outro nome — atalha Sachs.

— Triste, não? Essa coisa de precisar de falsas esperanças para viver.

— Minhas ilusões vêm quase todas da MGM. Ainda acredito no sonho de que existe uma cobertura em algum lugar com gente estourando champanhe e fazendo comentários memoráveis.

— Você gostaria de ver uma cobertura da Quinta Avenida de verdade? — pergunta Lulu. — Embora eu ache que não vai fazer jus às suas fantasias sobre qualquer filme com Ginger Rogers e Fred Astaire.

— Eu adoraria — responde Sachs. Nesse átimo de segundo, sua mente retroage às palavras de um tio judeu, cujo humor misantropo sempre o provocava. "Se alguma coisa parece boa demais para ser verdade", avisara Moishe Post, "pode apostar que não é".

E com esse eco no ouvido, Sachs deixou o parque com Lulu, atravessou a Quinta Avenida e entrou num prédio pré-guerra de pedra pelo qual já havia passado, mas que tão somente admirara de longe. Imaginou que o porteiro lhe lançava um olhar desconfiado ao admiti-lo no lobby, o típico olhar de Louis Pasteur ao examinar alguma coisa no microscópio. Mas por que deveria se sentir inseguro? Sua aparência era decente com o paletó de tweed, suéter de olímpia e calça cotelê. Nada de que se envergonhar. Por que então a vergonha? Talvez fossem os cinco mil anos de culpa tribal que o tornavam consciente de que o sapato precisava ser engraxado.

O ascensorista se mostrou caloroso e amigável com Lulu, a quem estava habituado a levar para cima e para baixo desde pequena.

— Meus pais estão em casa, George? — indagou ela.

— Estão — respondeu o sujeito com simpatia.

O elevador não dava direto no apartamento, mas ainda assim ele nunca vira nada tão elegante. Havia uma galeria margeada por estantes de livros, os cômodos com pé-direito alto eram espaçosos e uma escada majestosa levava a um segundo andar. A sala de estar vintage tinha as sancas originais e uma bancada de madeira encimava a lareira maravilhosa. Portas francesas se abriam para um terraço com vista para o Central Park. O escritório revestido de lambri tinha um bar de verdade, daqueles em que se podem servir os drinques do outro lado do balcão. A mobília impecável mesclava o tradicional e o contemporâneo. Os tapetes eram persas ou feitos por encomenda, e, nas paredes, viam-se desenhos e gravuras, quase todos de artistas que Sachs conhecia de nome, como esboços a lápis de Matisse, Picasso e Miró, além de uma aquarela Marie Laurencin, uma gravura de Van Dongen, além de muitas fotos feitas pelo pai dela, Arthur Brooks, um fotógrafo profissional de moda.

— Este é Jerry Sachs — disse Lulu à mãe. — Ele me paquerou no parque.

— Como vai? — cumprimentou a mãe, amavelmente. De uma beleza serena, era esbelta e havia sido modelo da *Vogue*: Paula Novack, cujas fotos, várias delas espalhadas pela casa, atestavam a beldade que ela fora durante os anos na revista.

Lulu não havia herdado o corpo magro de manequim da mãe, era mais curvilínea, mais cheinha. Resumindo, Lulu talvez parecesse deslocada numa passarela, mas ficaria deslumbrante reclinada num monte de feno. Sachs acertara na primeira impressão, quando atribuiu a Lulu uma origem europeia oriental. Paula era uma não judia da Cracóvia casada com um judeu de

Nova York. Estava vestida informalmente, de calça comprida e suéter de gola rulê de lã preta. Estendeu para Sachs a mão úmida de segurar um copo de Baccarat com duas pedras de gelo e quatro dedos de gim Bränneri cor-de-rosa. O marido estava de saída, mas apertou calorosamente a mão de Sachs e disse à mulher para "não esquecer de reservar uma mesa para quatro no Giambelli para o jantar amanhã. Cinco, se ele for também", acrescentou, apontando para o novo namorado que Lulu levara para casa. Ele não iria também, mas se sentiu gratificado com o gesto. Dito isso, Arthur Brooks saiu porta afora.

— Posso lhe oferecer alguma coisa? — indagou a mãe de Lulu. Ele adoraria aceitar um martíni, mas sabia que, se pedisse, ela providenciaria e ele seria obrigado a beber, e, como toda bebida alcoólica, o drinque o deixaria sonolento e ansiando pelo pijama. Lulu optou por uma Evian, e quando explicou a Sachs que se tratava de água mineral, ele disse que tomaria a mesma coisa.

O telefone tocou. Não era branco. Paula atendeu, parecendo eufórica de súbito e imediatamente embarcando numa explicação detalhada da casa nova de alguém em Southampton com a pessoa do outro lado da linha, cujo nome era Renzo. Lulu perguntou a Sachs se ele queria fazer um tour pelo apartamento. Ele respondeu que sim, e os dois subiram a escada até o quarto da moça. Era um cômodo lindo, revestido de papel florido, com uma cama de dossel e um pequeno piano de armário castanho-claro encostado a uma das paredes. Havia muitos livros numa estante, todos de literatura de qualidade, reparou Sachs, e os brinquedos da infância funcionavam como objetos de decoração.

— Sei o que você deve estar pensando — disse ela. — Garotinha mimada.

— Esta é a segunda vez que você fala que foi mimada — comentou ele. — Alguém também poderia dizer que você é uma princesa polaca, mas eu apostaria que é filha única.

— Eu não aceitaria que fosse de outro jeito — confirmou ela.

Os discos eram muitos e diversificados: clássicos, jazz, música popular, *The Caedmon Poetry Collection*. Havia fotos de Lulu com uns 12 anos, posando brincalhona ao lado de Simone de Beauvoir no café Deux Magots em Paris. A famosa escritora era uma completa desconhecida, mas concordara em posar com a garotinha a pedido dos pais. Os dois desceram para o primeiro andar. Lulu escancarou as portas do terraço e levou Sachs para admirar a vista, majestosa, do Central Park. Com um mínimo de esforço era possível abarcar tudo com o olhar, do Battery Park até a Ponte George Washington. Ela amava chuva, explicou a ele, e saía para o terraço quando relampejava a fim de contemplar os raios enormes ziguezagueando no céu de Nova York e sendo atraídos para o para-raios no topo do Empire State.

— Adoro ficar encharcada de chuva — falou. — É tão limpa e fria. Ai, espero não estar dando a impressão de ser uma boboca.

A ideia de Lulu molhada de chuva pareceu a ele tão romântica quanto a imagem mais romântica imaginável.

— Você não tem medo de ser atingida por um raio? — indagou, sempre indo direto ao desfecho mais sinistro de qualquer situação.

— Não. As chances são mínimas, mas se eu tiver de morrer, que maneira fantástica de ir. Rápida e altamente dramática.

— Sim, certo, pode ser — balbuciou Sachs, incapaz de compartilhar a satisfação de ser eletrocutado.

— Posso ler a sua peça? — indagou ela.

— Você gostaria de fazer isso? — disse ele, ansioso.

— Sim. Você é tão jovem para ter uma peça escolhida para ser encenada. A maioria dos caras que conheço escreve e nada acontece. Mas o que eles escrevem nunca é grande coisa. E você se sustenta escrevendo. Estou impressionada.

— Sou um sujeito inteligente. Você há de notar, se passar algum tempo comigo. E, se eu não der nos seus nervos, vai acabar gostando de mim.

Lulu riu.

— Sobre o que é a sua peça? — perguntou ela.

Sachs estava na varanda de uma cobertura falando sobre a sua peça prestes a ser encenada com uma princesa polaca adorável, embora mimada, de olhos violeta. Segurava na mão um drinque, como William Powell, ainda que fosse apenas água mineral. Lá embaixo na rua, os manhattanianos voltavam do trabalho apressados na hora do rush, chamando táxis, rumando para os seus lares no Uptown East, onde talvez passassem tempo suficiente tão somente para mudar de roupa e sair para jantar. Talvez no Twenty-One, talvez no El Morocco. Talvez um dia optassem pelo teatro, para assistirem à sua peça. Imaginou-se chegando para pegar Lulu e ela descendo a escada, usando um vestido singelo de verão, o cabelo preto sedoso ainda molhado e cheirando a botão de jasmim. Depois de um abraço apertado, do qual ele tiraria a maior vantagem possível, e uma troca de gracejos, partiriam ambos para beber alguma coisa e dançar numa cidade em que as luzes só se apagam ao raiar do sol. Lógico que ele não bebia e não sabia dançar, mas a ideia iluminou-lhe o rosto com um sorriso.

— Você vai me contar? — insistiu Lulu. — Ou viajou na maionese?

— Contar?

— Da sua peça. Ela é sobre o quê? Onde você estava?

— Ah, a minha peça. Ela fala de risco, de se arriscar. É sobre uma judia obrigada a fazer escolhas existenciais.

— Qual é o nome?

— *Assim falou Sarah Shuster.*

— Amei! Minha tese foi sobre filosofia alemã. "O conceito de liberdade na poesia de Rilke." Não cheguei a terminar, mas alguém que leu o que escrevi achou que era muito original. Adoro a ideia de você abordar temas tão sérios sob uma perspectiva cômica. — A aprovação dela fez com que o topo da cabeça de Sachs fosse removido, erguido tal qual um disco voador e excursionasse pelo sistema solar antes de voltar ao lugar. Lulu consultou o relógio. — Bom, tenho de tomar banho e me vestir. Vou assistir a um musical.

— Qual?

— *Num dia claro de verão.* Adoro as letras de Alan Lerner.

— Podemos nos ver de novo?

— Vou passar o fim de semana fora. Uns amigos dos meus pais vão nos levar ao Kentucky Derby. Um dos cavalos do advogado do papai vai correr.

— Que máximo. Posso ligar quando você voltar? Pensei em lhe mostrar a melhor lojinha de discos de jazz da cidade, onde dá para achar uns Fats Wallers menos conhecidos e um bocado de gravações de jazz para piano, além de toneladas do melhor de Billie Holiday e de vários outros músicos. Garanto que você vai gostar.

— Maravilha — disse Lulu, anotando o seu número para ele. — Mas por que não combinamos de nos encontrar no mesmo banco daqui a uma semana, às três da tarde? Sempre volto pelo parque da aula de teatro no West Side e passo pelo lago dos barquinhos.

— Como vou reconhecer você? — disse ele, fazendo uma piada idiota que viria a lamentar durante dias e dias. Desceu no elevador e começou a caminhar para a estação do metrô da rua 59.

A cabeça não estava nas nuvens, mas em algum lugar na Galáxia de Andrômeda. Lulu era tudo que ele sempre quis, com o que sempre sonhou e fantasiou. Encarnava todos os itens da sua lista de desejos. O encontro fofo, a cobertura, a varanda com toda Manhattan lá embaixo. Mais importante ainda, é claro, era a própria, a moça com a capa de chuva; seu rosto, seu corpo esplêndido em que cada curva cumpria a sua promessa. Lulu — Luluzinha. Ela tinha tudo. A mente rápida, a personalidade fascinante, o riso fácil. E se eu tiver me equivocado esses anos todos?, pensou. E se o universo infinito não nutrir uma implicância pessoal contra mim? Ela tinha tantas qualidades... Mas e ele? Reprisou a tarde mentalmente e tentou avaliar a quantas andava. Ok, fizera o que considerou uma piada infeliz. Contudo tinha sido engraçado na questão da morte. "Pelo menos não chegarão mais convocações para ser jurado." E apesar das escolas caras dela, não tivera problema em acompanhá-la nos quesitos música, teatro e literatura. Suas observações sobre Norman O. Brown e perversidade polimorfa foram incisivas, e até mesmo a corrigira quando ela cometeu um erro ao citar Yeats: era "o mar atormentado pelo gongo" e não "o mar torturado pelo gongo".

Toda a leitura indisciplinada ao longo da vida lhe rendera frutos, e, no frigir dos ovos, não fora um primeiro dia ruim. Obviamente ela se interessara o suficiente para convidá-lo para ver a sua casa e concordar em encontrá-lo no mesmo banco na semana seguinte. Chegou mesmo a dizer que estava impressionada com a sua promissora carreira de escritor e a pedir para ler a sua peça. Na verdade, o dia fora bem bom. Apenas um pequeno detalhe ele tinha esquecido de mencionar. O fato de ser casado.

Sachs e Gladys já tinham falado informalmente em se separar, porém sem a necessidade de se apressarem para sair do casamento do jeito que haviam se apressado para nele entrar. Passavam agora cada vez menos tempo juntos, já que ela estava ocupada com a campanha de Kennedy e, surpreendentemente, com aulas de violão. Abordaram a ideia de um divórcio, mas resolveram adiar qualquer decisão até a formatura dela, o que parecia sensato. Ambos concordavam que o relacionamento atolara numa espécie de marasmo, mas que as coisas podiam melhorar num passe de mágica. Agora, porém, Sachs se sentiu motivado a repensar o marasmo. Não sabia se haveria futuro com Lulu, mas o que sem dúvida sabia era que não haveria presente enquanto tivesse uma esposa. Afora o fato de ser casado, outras questões também mereciam reflexão. E se Lulu tivesse namorado? Afinal, era improvável que fosse ao Teatro Mark Hellinger sozinha mais tarde. E se não estivesse a fim de um relacionamento sério a essa altura da vida? Ela era jovem e decerto popular. Por que assumir um compromisso com alguém? E por que comigo, considerando as muitas opções que sem dúvida tem? Sachs estudou todo o cardápio de possibilidades negativas, que não era pequeno. Exemplo: e quanto ao sexo? E se ele não a excitasse? Ela, claro, transpirava sexo por todos os poros. Observá-la pelas costas enquanto ela caminhava usando aquele vestidinho de algodão equivalia a contemplar uma confraria de cotovias: cotovias provocantes, de formas perfeitas. Mas... e se ela fosse morna na cama como Gladys? Seu radar interior, se é que uma coisa dessas existe, lhe disse para não desperdiçar muito tempo considerando tal impossibilidade. Ainda assim, suas fantasias iniciais não eram carnais, mas conjugais. Queria se casar com Lulu. Sonhava em vê-la sorrir para ele no café toda manhã, passear pela cidade de braço dado com ela, partilhar sua vida, fazê-la rir, contemplá-la dormindo. Era divertido conversar com ela, ouvi-la, esforçar-se para impressioná-la, e tudo isso o fazia sentir-se vivo. E, sim, decididamente, fazer amor com ela, pensou, visto que até mesmo agora, horas depois de se despedirem, os feromônios de Lulu continuavam explodindo no seu cérebro como cápsulas de ação retardada.

Sachs e Gladys conversaram, e ele trouxe à tona a questão do divórcio de um jeito não ameaçador. Ela concordou que os dois provavelmente haviam se casado de forma prematura, mas a logística seria mais simples se esperassem até a sua formatura e a estreia da peça dele. Os caminhos de ambos estariam então desimpedidos e ambos poderiam avaliar a situação e se separarem de maneira civilizada, sensata, caso fosse essa, de fato, a decisão definitiva. Tudo foi muito realista, muito organizado, muito Gladys. Nesse meio-tempo, nada parecia solucionado e lá estava ele de novo empurrando com a barriga. Durante a semana, Sachs deixou uma cópia da peça com o porteiro de Lulu e, durante os dias que se seguiram, suas emoções variaram desde sonhos dourados até suores frios, imaginando a possível reação dela quando se inteirasse de que ele já tinha dona. Sentia que a melhor coisa a fazer era simplesmente ser honesto e franco. Explicaria que estava casado, mas que vinha planejando se divorciar. Disse a si mesmo que a verdade é sempre a melhor política, mas quando a viu de jeans, sandálias, um top branco e o cabelo preso em tranças se aproximando do banco onde ele estava congelado como uma figura no museu Madame Tussauds, resolveu adiar a melhor política para uma nova data.

— O Derby foi o máximo — disse ele, que se dera ao trabalho de assistir a um evento que não o interessava a mínima de modo a não parecer um zumbi desinformado quando Lulu comentasse a respeito.

— O cavalo pelo qual estávamos todos torcendo foi uma decepção — falou ela.

Seguiu-se uma conversa trivial sobre o calor prematuro que se instalara na cidade, durante a qual ele tentou sondar se o interesse dela por ele havia murchado ou talvez nunca tivesse existido. Ainda assim, lá estava Lulu, pontual e cheia de energia sorridente. Ela o pegou de surpresa ao perguntar:

— Sentiu saudade de mim?

Sachs não soube o que responder. "Não" seria uma grosseria e uma mentira; "Sim" mostraria demasiado rápido as cartas medíocres que tinha na mão.

— O que *você* acha? — respondeu, afinal, lembrando-se do que o tio Moishe Post dissera uma vez: "Na vida, a gente joga com as cartas que recebe."

Sachs sentiu como se tivesse na melhor das hipóteses dois pares, enquanto Lulu recebera um *full house* de cara. No entanto, viu os dois pares virarem ases quando ela falou:

— Espero que sim.

Ele prometera levá-la a uma loja de discos de jazz e perguntou se ela ainda queria ir, e Lulu respondeu que sim. A loja era velha e desorganizada, mas divertida e um deleite para os amantes de jazz. Sachs tinha certeza de que ela adoraria a aparência decadente do lugar, e acertou em cheio. Os dois xeretaram tudo sem pressa, falando de música, rindo e escolhendo o que levariam. Ele não admitiu que ela pagasse e lhe deu de presente uns discos de Monk, além de outros de Horace Silver e do Modern Jazz Quartet, além de Billie Holiday. Estava ansioso para ouvi-los e ver a reação dela, e os dois voltaram de táxi para a cobertura e foram para o quarto de Lulu, onde ficava o aparelho de hi-fi. A mãe não estava em casa e a empregada se ocupava na cozinha no andar de baixo. Trocando em miúdos, a situação não podia ser mais propícia a uma investida dele. Lulu adorou as faixas de Billie Holiday. Enlouqueceu com "Did I Remember". Logo, ela se sentou ao piano e tocou "Blame It on My Youth", cantando com uma voz grave e sedosa. As janelas do quarto davam para o Central Park, e, quando o sol se pôs atrás dos telhados do West Side e o disco de Monk caminhava para o fim com "Crepuscular with Nellie" em sintonia com a claridade no quarto, que também se tornou crepuscular, Sachs se viu nervoso. "Está na hora de beijá-la", disse o Grilo Falante atrás da sua orelha. "Tá esperando o quê, *schmendrick*? Se tem tanto medo de agir, você merece o que a vida lhe reserva." Ao som de "Crepuscular with Nellie" no solo de piano de Monk, ele estava a sós com Lulu no quarto. Crepúsculo com Lulu. Beijou-a. Beijou-a com uma elegância razoável, e ela se mostrou receptiva. Com espantosa destreza, guiou-a até a cama, desabotoando-lhe a blusa com dedos ágeis como os de um ás do carteado. Ela não resistiu à paixão dele, muito pelo contrário. Enfiou-lhe a língua na boca até alcançar as biqueiras dos sapatos, fazendo sair fumaça das suas orelhas — ou ao menos foi essa a sensação de Sachs. Lulu facilitou as coisas desafivelando o próprio cinto, e ele lutou para não deixar a cabeça viajar e permanecer presente em cena. Como desconfiava, ela era magnífica na cama, o que o fez recordar que Ginger fazia a mesma coisa que Fred, mas de trás para a frente e com salto alto. Sachs deu conta relativamente bem de se livrar da calça sem sofrer nenhuma câimbra, fosse na panturrilha, na coxa ou no arco do pé. Ao contrário de Gladys, Lulu era tórrida, agressiva, criativa e incansável, e quando a transa acabou, ele imaginou estar parecendo um daqueles prisioneiros macilentos de Auschwitz que a gente vê em fotos contemplando o vazio por entre o arame farpado. Depois do sexo, os dois ficaram deitados na cama de dossel, e ela acendeu um cigarro e fumou calada, as tranças meio desmanchadas. Ou ela já teve a sua cota de experiências, pensou Sachs, ou é como o jovem Mozart, um gênio inato. Como adoraria abordar o fato de ser casado e acrescentar que a petição do divórcio já estava praticamente no correio, mas o momento não lhe soou propício.

— Um dia vou casar com você — falou, afinal.
— Tudo é possível — disse ela.

* * *

Na noite seguinte, Sachs disse a Gladys que pensara no assunto e não via muito sentido em adiar o fim de um casamento que já havia acabado, uma vez que a decisão fora tomada. Melhor seria se separarem e cada um levar a sua vida, administrando os detalhes com calma depois. Telefonou para o primo Chester, um solteiro de 29 anos que morava na West End Avenue, na altura da rua 90, para saber se podia se mudar para a casa dele e dormir no sofá, explicando que o casal pretendia dar um tempo. Chester era professor na Columbia, morava sozinho e não viu problema em acolher o primo. Chester era o membro masculino mais reverenciado na família porque a sua dicção lembrava a de Abba Eban. Sempre gostara de Sachs, e os dois costumavam conversar sobre livros, filmes e ateísmo. Sachs imaginou que seria muito mais fácil dizer a Lulu que era um descasado em processo de divórcio do que um covarde procrastinador. Quando comunicou a Gladys a decisão de se mudar, preparou-se para uma explosão emocional *à la* Bette Davis, mas ela o surpreendeu com a maior serenidade do mundo e demonstrou disposição para conversar calmamente. Com efeito, também voltara a pensar no assunto e concluíra que os dois haviam tido um começo espinhoso e os interesses de ambos se tornaram diferentes com o amadurecimento do casal. Disse que deviam considerar o casamento um aprendizado e, em vez de nutrir ressentimentos, focar na pensão. O assunto foi entregue aos respectivos advogados e, no final, chegou-se a um acordo amigável, porém não antes de Sachs concordar com uma cifra robusta. Quando contaram aos pais, os dela ficaram 100% ao lado da filha. Ruth Sachs previsivelmente tomou as dores de Gladys, como teria tomado as de um ladrão, caso o filho lhe contasse ter sido assaltado.

Na noite seguinte em que viu Lulu, Sachs a levou para jantar num restaurante no East Side, entre as ruas 40 e 50, chamado Gatsby's. Ambos eram fãs de Fitzgerald e curtiram a ideia de comer num lugar batizado com o nome do ídolo fictício. O restaurante tinha papel de parede salpicado de vermelho, e as minicúpulas dos abajures nas mesas também eram vermelhas, o que dava ao rosto de Lulu um brilho cor-de-rosa, tornando-a ainda mais linda, como se isso fosse possível. Os dois tomaram vinho tinto. Como Sachs não estava habituado a beber, bastaram duas taças para transportá-lo para uma terra agradável logo ao norte de Oz. Entrelaçaram as mãos, e Lulu disse a Sachs que tinha amado a peça e admirado a engenhosidade e a sutileza da trama. Achara a leitura intrigante e rira nos trechos certos. Concordava totalmente a respeito do risco existencial. Esbanjando confiança e marinado em Beaujolais, Sachs revelou que era casado. Ela não desabou sobre a mesa nem estapeou a própria cabeça ao estilo do teatro iídiche. Sachs acrescentou que estava separado da mulher e se divorciando. Não tinha querido entrar nos detalhes tristes da história até que a conhecesse melhor, mas agora estava apaixonado. Contou que se casara atabalhoadamente porque não podia esperar para dar o fora da casa dos pais e levar a própria vida em Manhattan. Admitiu ter concluído com o passar do tempo que fora egoísta e até certo ponto explorador, usando Gladys como apoio emocional para sair de casa e começar a viver, mas também dera a ela a coragem para fazer o mesmo e abraçar o mundo. Explicou, em seguida, que o casal tinha pouco em comum.

— E então você surgiu na minha vida — disse. — Foi como se saltasse da tela, se sentasse ao meu lado no banco, e desde aquele momento meus pés não tocaram mais o chão.

— Então você estava preocupado porque achava que eu iria dar para trás pelo fato de você ser casado — disse Lulu.
— Sim — respondeu Sachs. — É isso aí.
— Minha nossa — disse ela com um suspiro. — O que acontece comigo e os homens casados? — Ela encarava a bebida melhor que ele, mas havia tomado mais taças que Sachs e estava ligeiramente alta.
— Já se envolveu com um monte de homens casados? — indagou ele.
— Não exatamente — respondeu Lulu. — Você está se divorciando. Qual é o problema, então?
— Sei lá. Algumas mulheres poderiam...
— Poderiam o quê? Ficar assustadas?
— Acho que sim.
— Tive um ou dois flertes com homens casados. Por que parecem gravitar à minha volta quando já têm dona? Mudemos de assunto. Vamos pedir mais uma garrafa desse mesmo vinho.
— Mas estou me separando — garantiu Sachs.
— Entendi, entendi. Você mergulhou numa coisa e se arrependeu. Quando penso quantas vezes fiz isso... Mas sempre fui suficientemente esperta ou suficientemente aflita para dizer adeus antes que ficasse sério demais.
— Aposto que você já rompeu com um bocado de namorados.
— Fazer o quê? Cedo ou tarde as pessoas decepcionam. Ou, vai ver, sou eu. Sei lá.
— Talvez o seu padrão seja demasiado exigente.
— Sim. Talvez seja irrealista.
— Por que será que esta conversa me faz sentir que estou pisando em ovos?
— Pense nisso como risco existencial.

— Era só o que me faltava. Ter o coração partido por uma princesa polaca.

— A boa notícia é que você me faz rir. E parece entender.

— Entender o quê?

— A vida. Você é uma das poucas pessoas que a vê como ela é.

— Você quer dizer um gigantesco "E daí"?

— Eu já disse que amei a sua peça? Acho que você vai ser um escritor importante, e adoro a sua modéstia. Todo mundo que é legal é modesto. Nenhum dos meus namorados jamais se sentiu inseguro. Todos eram completamente realizados e cheios de si.

Ela já estava a mais de meio caminho para enxugar a garrafa de vinho tinto. Abriu um sorriso que seduziria um rinoceronte preparado para atacar. Animado, ele pediu ao garçom que trouxesse uma segunda garrafa de Beaujolais. Ficara preocupado, mas agora estava tudo bem. Ela nitidamente sentia atração por ele, que a fazia rir. Ele entendia. Entendia a vida. Era modesto. Sua baixa autoestima enfim valera a pena.

— É fofa — disse Lulu — a sua vulnerabilidade. Você me pareceu complicado quando nos conhecemos, mas divertido para conversar. E estou farta de prodígios intelectuais que têm todas as respostas e depois a chama se apaga. Sabe de qual personagem eu mais gostei na sua peça?

— Qual?

— Sarah Shuster.

— Por quê?

— Porque ela também não se dá conta de que a própria insegurança é atraente. Claro que, no fundo, tem uma baita autoconfiança. E achei incrível ela assumir as rédeas com todos aqueles chatos puritanos pressionando para que tivesse o bebê que ela não queria e resolver ir ao México dar conta do assunto do seu jeito. E ainda ousar ter um caso com o médico mexicano. Aquela foi uma sacada fantástica.

— Você não acha que a pintei autodestrutiva demais?

— É isso que é tão interessante nela. Pessoas autodestrutivas costumam ser as mais fascinantes.

Sachs se pegou encantado com os *insights* de Lulu, mas o Grilo Falante não pôde deixar de pensar *O cara não sabe no que está se metendo*.

— Qual é o seu personagem fictício favorito? — indagou ela.

— Na minha peça?

— Na literatura em geral. Com qual personagem inventado você mais se identifica?

Pediram o jantar e ele escolheu penne com alcachofra. Sachs jamais comera uma alcachofra, e foi ela quem pediu para ele e depois precisou mostrar como comê-la.

— No lugar onde cresci, a gente comia comida enlatada. Vagens, ervilhas, salada de frutas Del Monte.

— Então, qual o personagem de ficção com quem você mais se identifica? — insistiu Lulu.

Por fim, ele respondeu:

— Gregor Samsa.

— Meu Deus, você é incrível! — exclamou ela, rindo.

— Lamento dizer que já acordei várias vezes me sentindo um inseto.

— Modéstia é atraente, mas uma barata é demais para mim — riu Lulu.

— E você? — perguntou Sachs. — Com que personagem em toda a literatura você mais se identifica? — Esperava ouvir Ana Karenina, ou Emma Bovary, ou Senhorita Júlia.

— Você já leu *O Pequeno Príncipe*?

— Saint-Exupéry? Já.

— Se lembra da raposa?

— Vagamente.

— Eu me identifico com a raposa. Interessante, não? Nós dois nos identificamos com animais e não com humanos.

— Por que a raposa? — Sachs quis saber.

— Porque a raposa diz "Cative-me".

— Hã, hã.

— Passei a vida toda procurando alguém que me domasse.

Ele olhou para aquele rosto lindo, ficou deslumbrado pela sensualidade dela, que, desde que tinham transado, passara a ser um novo ingrediente nuclear. Terminou o vinho na taça e, fitando os belos olhos cor de violeta, tornou a se indagar sobre que cartas tinha, de fato, na mão. O elogio dela à peça alçara os ases a um *straight flush*, mas na mão dela havia um *full house*, e, para cativá-la, ele talvez fosse obrigado a blefar. Tais eram seus pensamentos embebidos em vinho no Gatsby's.

— Talvez eu simplesmente precise tomar conta da sua vida — disse, apostando sem lastro.

— Então eu sem dúvida me casaria com você — emendou ela, apertando-lhe a mão e permitindo que a imaginação dele se incumbisse do resto.

Terminaram de comer e de beber quase todo o vinho da segunda garrafa e queriam transar, mas os pais dela estavam em casa, assim como o primo Chester. Sachs gastara até seu último centavo com a conta, e por isso Lulu pagou um quarto de casal no Plaza. Com a combinação do desejo ensandecido dele mais a total falta de inibição dela, foi uma surpresa o sexo de ambos não ter provocado um apagão em todo o Upper East Side.

Quando ele comentou, eufórico, sobre Lulu com Chester, o primo disse que tinha um amigo na Columbia que a conhecia da Brandeis e que falara que ela era brilhante, popular e muito benquista por todo mundo. Todos os rapazes a paqueravame todas as meninas a adoravam. O amigo de Chester se lembrava de Lulu estudar teatro e ser uma boa atriz, mas que, por algum motivo, ela largara o curso no último ano. O amigo não sabia ao certo o porquê, mas os boatos davam conta de um esgotamento nervoso.

— Lulu? — exclamou Sachs, descrente. — Nem pensar. Ela largou os estudos para se dedicar à carreira.

Sachs não ficou surpreso de saber que ela era querida e uma boa atriz. Mais tarde, quando refletiu sobre o boato de um esgotamento nervoso, a ideia lhe pareceu totalmente em descompasso com a Lulu Brooks que ele conhecia, que era tão positiva e otimista. No entanto, quanto mais pensava nisso, mais soava estranho largar a universidade tão perto de cruzar a linha de chegada apenas para conseguir um pequeno avanço no show business. Resolveu abordar o tema com ela no encontro seguinte, uma escapada até Oyster Bay num carro alugado na Hertz. Estacionaram num lugar afastado, de onde podiam contemplar o reflexo da lua na água, e conseguiram encontrar um bom jazz suave na rádio FM: "Waltz for Debby", de Bill Evans. Ele a beijou uma ou duas vezes, ambos se maravilharam com as estrelas no céu noturno, citaram Auden e Kurt Weill e ele manobrou a conversa em direção à saída dela da Brandeis. Abrir mão de um diploma apenas para poder ir a testes de elenco uns poucos meses antes ou assistir às aulas do Actors Studio que decerto podiam ser um tantinho adiadas. Qual era o sentido?

— Não foi só isso — disse Lulu. — Embora eu fique ansiosa mesmo. Não sou paciente. Você não tem a impressão de que vai morrer se tiver de esperar um tempão por alguma coisa? A gente acaba até perdendo a vontade.

— Bom, sei lá, mas como você é mimada, posso imaginar.

— Passei por uma fase ruim — disse ela.

— Como assim?

— Me envolvi com um dos professores, que era casado, e eu tinha certeza de que ele largaria a mulher. Ao menos foi o que me prometeu. Mas não largou.

— Entendi. Você ficou magoada.

— Pior que isso. Eu era mais frágil do que imaginava, e os meus relacionamentos anteriores sempre tinham sido rompidos por mim. Eu não estava habituada a levar o fora e estava apaixonada pelo cara.

— Suponho que ele foi um dos poucos que não decepcionaram você. Ou não decepcionara ainda — comentou Sachs.

— Ele era brilhante e carismático. Até então eu sempre tinha controlado a situação, mas, nesse caso, quem controlava era ele. Para mim foi muito confuso, porque me chateava não ter o controle, mas ao mesmo tempo adorava não ter o controle. Entende o que digo? — Ele assentiu, pensando "sentimentos contraditórios", mas então Lulu prosseguiu: — Não eram sentimentos contraditórios, era outra coisa. Não sei o quê. Eu andava muito louca.

Sachs ficou feliz por não ter dito "sentimentos contraditórios".

— Meu terapeuta me disse que eu testo os homens — falou Lulu. — Procuro qualquer fraqueza possível para me dar uma desculpa e cair fora. Ele diz que fico dividida entre querer me aproximar e ter medo de me aproximar.

— Nossa, tudo isso é muito tranquilizador — disse Sachs, enquanto, nesse exato momento, uma nuvem escura escondeu a lua. Um toque, sentiu ele, de simbolismo tchekhoviano no instante preciso.

— Ele foi a única pessoa que conheci que parecia capaz de me domar. Então, de repente, fui varrida do mapa e me senti totalmente perdida. Acho que dá para dizer que tive algum tipo de esgotamento nervoso, ainda que pequeno. Fiquei deprimida. Não conseguia me concentrar nos estudos. Os antidepressivos não ajudaram. Me causavam mais ansiedade ainda. Sei lá, talvez seja genético. Dizem que a minha bisavó materna era muito emotiva. Ela se suicidou. Pareço com ela. E me considero emotiva também. Choro no cinema e no teatro. E por que diabos estava estudando História da Arte? Talvez porque ele fosse o professor. Eu precisava escolher um curso quando me inscrevi na faculdade. Devia ter optado por teatro, mas estava tão confusa... Nem queria de verdade fazer faculdade. Mas conheci uma garotada fantástica. Fiz amizades maravilhosas.

Ela concluiu a história e acendeu um cigarro. Sachs ouvira tudo e estava sentindo um ciúme ensandecido. Lulu realmente se apaixonara por esse sujeito que partira o seu coração, um intelectual carismático que tinha a chave para chegar a ela. Até então, era Lulu quem avaliava os testes, aparentemente sem aprovar ninguém. Aí foi reprovada. Sachs se imaginou sob o escrutínio de Lulu e se perguntou quando um dos seus defeitos, que, segundo a própria estimativa, alcançavam os seis dígitos, ficaria aparente e o condenaria.

Ela tinha razão ao se descrever como mimada. Era uma garota esperta na cama de dossel. Provavelmente crescera sem jamais ouvir um "não". Então, esse tal cara volta para a mulher e *tchan*. Birra, raiva, ansiedade, depressão, genética, ansiolíticos.

— Por onde anda agora o sujeito que você achou que seria capaz de domá-la? — indagou Sachs, esperando ouvir que o professor carismático estava morto e enterrado.

— Foi morar na Inglaterra com a mulher. Ele sempre quis morar em Costwold e ser um proprietário de terras.

— Você sente saudade dele? Superou a coisa toda?

— Totalmente — respondeu Lulu. — Olhando para trás, vejo como me comportei de maneira escandalosa. Por quê? Está com ciúmes?

— Estou.

— Não fique. Como diz a letra de Larry Hart, eu só tenho olhos para você.

Dito isso, ela se inclinou para a frente e o beijou, apertando um botão que sabia iria liberar toda a dopamina contida no hipotálamo dele. Em segundos, os dois passaram para o banco traseiro, para que o volante não fosse um obstáculo.

Os meses seguintes foram os melhores da vida de Sachs. Não apenas marcou-se uma data exata para a peça estrear no Minetta Lane Theatre em dezembro, como também ele conseguiu um emprego não só redigindo piadas sobre acontecimentos recentes, mas integrando o time de um programa cômico de fato. Isso significou um grande aumento de salário, assim como um substancial upgrade na sua autoconfiança. A seu ver, melhorar de vida dessa maneira convenceria Lulu de ter apostado no cavalo vencedor. Ela lhe disse:

— Parabéns, mas não se deixe seduzir pelo mundo da TV. Você é um artista. Strindberg e O'Neill não se desviariam do caminho para seguir em direção ao vasto pântano.

De todo jeito, isso tornava a pensão que ele pagava a Gladys mais fácil de administrar. O melhor de tudo é que pôde se mudar da casa do primo Chester, e Lulu ajudou-o a encontrar um apartamentinho encantador na rua 78, quase na esquina com a Madison. Era um quarto e sala muito grande num brownstone que havia sido transformado em várias moradias. Tinha uma lareira e janelas que davam para os jardins margeados de árvores nos fundos de diversas residências vizinhas. Lulu não só ajudou a encontrá-lo, mas também a mobiliá-lo, para tanto levando--o a todos os antiquários que havia visitado com a mãe e o decorador de Paula.

— Tapetes soltos — instruiu ela. — Nada de carpete. Nem luminárias no teto. Abajures apenas. — Assessorou-o na escolha de cortinas cor de café e móveis rústicos acolhedores. Aconselhou-o a comprar equipamentos de lareira no Alessandros, o melhor no ramo. — As toras de lenha — explicou —, você deve encomendar na Clark & Wilkins. Eles entregam em casa.

Lulu insistiu em shantung em cores neutras para os estofados. Tons outonais, costumava dizer o decorador da mãe, e Lulu repassou a palheta para Sachs. Quando ele comprou um abajur de estanho que tinha uma cúpula demasiado alva, ela lhe mostrou como escurecê-la com um saquinho de chá. Mas não foi apenas na decoração que Lulu ajudou. Criada dentro do código de área de Rhinelander, a moça conhecia o Upper East Side como a palma da mão. Sabia quais eram as melhores mercearias e os melhores açougues, as melhores lojas de ferragens e galerias de arte, bem como onde encontrar as louças e os talheres mais bonitos. Conhecia os melhores médicos e as mais aptas faxineiras suecas e sabia onde comprar os brownies mais gostosos.

Era no Greenberg's ou no William Pohl, "dependendo do que o seu desejo por chocolate pedir". Avisou-o de que o melhor barbeiro ficava no Hotel Carlyle e deu dicas de onde comprar os melhores vinhos, bem como onde ficavam as boas farmácias 24 horas. E no caso da perda de um botão que gerasse a necessidade de encontrar um substituto impossível, Lulu sabia aonde ir. Rhinelander, Butterfield, Templeton, Plaza: ainda que esses códigos de área delimitassem o seu território principal, ela também sabia que o melhor esturjão vinha do Barney Greengrass, no West Side. E como Sachs adorava romances policiais, ela o levou a uma minúscula livraria chamada Murder Ink. Ele jamais tomara conhecimento da existência da Amato Opera nem ouvira os garçons cantores do Asti. Descobriu as maravilhas da Frick com ela e, para aplacar os desejos esporádicos que Lulu tinha de comer cheesecake à meia-noite, foi apresentado ao Turf, na Broadway. Lulu crescera em Manhattan, onde Sachs adoraria ter crescido, e enfim ele estava recebendo uma educação sofisticada. No Harlem, comiam filés no Frank's, e, para degustar ostras, iam à Grand Central Station. Enquanto isso, faziam amor na frente da lareira e assistiam a filmes até altas horas na TV. Brigavam? Não com frequência. E eram desentendimentos triviais, rapidamente sanados. Apenas uma vez Sachs achou que a temperatura subira de um jeito desconfortável.

Estavam indo de carro, com Sachs ao volante, a Tanglewood para ouvir Mahler, a quem o pai dela o apresentara e por quem ele se tornara instantaneamente fanático. A via expressa não andava. O tráfego estava parado, para-choque contra para--choque. Cada carro avançava menos de um metro e de forma infrequente, em direção à cabine de pedágio. Uma via de serviço corria paralela à via principal, e Lulu queria que ele saísse do engarrafamento e seguisse por ela, voltando depois para a fila. Sachs recusou a sugestão por diversas razões, que iam desde o fato de ser moralmente errado até o medo de ser pisoteado até a morte por motoristas enfurecidos que não reagiriam de maneira simpática a alguém que pretendesse dar uma de espertinho. Ela o acusou de falta de iniciativa, dizendo que muita gente agia assim com ela, que não se tratava de um crime capital, e se ofereceu para pegar o volante. Por fim, ele tentou, mas sem convicção, e deu com os burros n'água. Nitidamente ela sentiu desprezo pela sua inépcia, e, como ele corretamente previra, os outros motoristas não ficaram extasiados ante a sua tentativa de se dar bem. Depois de alguns impropérios criativos vindos de vítimas enfurecidas do engarrafamento, Sachs só conseguiu voltar para a fila graças a um único motorista tolerante. Lulu pouco falou durante o restante do caminho, e ele se perguntou se aquilo seria um teste em que, de alguma forma, fora reprovado. Mais tarde, no imenso gramado em Tanglewood, sob a Ursa Maior e ao som intoleravelmente triste da Quarta de Mahler, os dois acabaram caindo de novo nos braços um do outro e a crise passou.

Lulu ainda morava com os pais, mas passava a maioria das noites no apartamento de Sachs. Os pais dela gostavam de Sachs e Sachs gostava deles. O pai era um ótimo sujeito; muito caloroso e simpático, habituado a viver com luxo e riqueza, mas de forma alguma esnobe. Paula, a mãe, era um tantinho mais consciente da imagem, mas mesmo assim muito bacana. Fez sugestões úteis para melhorar o guarda-roupa de Sachs e disse que, se ele prometesse jogar no lixo aquela horrível loção pós-barba que usava, ela com satisfação lhe daria uma nova. Uma fragrância, nas suas palavras. Ele adotava os conselhos dela nesses assuntos, e os dois se davam muitíssimo bem. Os pais de Lulu levavam ambos para jantar em restaurantes chiques, onde Arthur Brooks era reconhecido e jamais jogado para escanteio na Sibéria. Depois do jantar, havia sempre aquele aperto de mão discreto do pai com o *maître* para passar algumas notas novinhas de vinte dólares de gorjeta. La Caravelle, La Grenouille, Orsini's. Que jantares tinha aquela família! E quem já ouvira falar em *sorbets* para limpar o paladar entre um prato e outro? No Lutèce, Lulu insistiu para que ele provasse *escargot*. Ele se recusou e disse que achava nojento demais comer caramujos. Ela considerou um absurdo ele nem sequer experimentar e provocou, importunou e enfeitiçou-o, até que afinal, agonizando, ele pôs um na boca. Com uma cara alegre, Sachs fingiu engolir e conseguiu discretamente cuspir o bicho sem ser visto. Sua disposição para levar a coisa na esportiva granjeou-lhe um gostoso carinho na mão. O pai de Lulu mostrou-lhe quem devia ser gratificado e o valor da gorjeta. O casal levava Lulu e Sachs à ópera e ao teatro, muitas vezes com ingressos de cortesia. Arthur e Paula adoravam música clássica, e Sachs ouviu pela primeira vez Stravinsky e Bartók, apaixonando-se de cara por Sibelius. O pai de Lulu botou-o em contato com um cambista, o que lhe permitiu ter acesso a espetáculos com ingressos quase esgotados. Ele e Lulu frequentavam o Half Note, na Hudson Street, e o Birdland, onde ouviam Miles, e Coltrane, e Lambert, Hendricks e Ross. Viam todos os filmes estrangeiros nas muitas salas de arte que abundavam em Manhattan. Bergman, Fellini, Godard, Truffaut. Lulu falava francês. Afora o inglês, Sachs se limitava a algumas poucas palavras em iídiche que ouvira a mãe usar com ele ou o seu pai. *Schlemiel, schlimazel, schmendrick, putz, yold*, termos inúteis quando se assiste a *Les Quatre cents coups* ou *La Strada*. Todos os *maîtres* conheciam Lulu desde criança, quando a família a levava para comemorar os aniversários em lugares como o Oak Room ou o Gino's. Suas lembranças favoritas de aniversário, porém, eram do Serendipity, e ela e os amigos ainda adoravam a sopa Won Ton do Sam Wo's em Chinatown, a pizza do John's na Bleeker Street e o chilli à meia-noite no P.J. Clarke's. Presentes, Sachs aprendeu, não precisavam ser caros, mas tinham de ser criativos. Ele descobriu que um atalho para o coração de Lulu era uma caixinha de música da Rita Ford's, sua loja favorita, que, na verdade, foi cara. Acertou na mosca quando comprou para ela uma pequena aquarela da garotinha Madeline feita por Bemelmans na Hammer Gallery. Sabia que Lulu fazia compras no Saks e na Tiffany's e que tinha conta no Bergdorf's e no Bonwit, e com ela e a mãe, aprendeu a diferença entre estilo e moda. Paula era elegante, Lulu era mais informal, e ambas conseguiam estar sempre fantásticas. "Estilo não tem nada a ver com moda", a mãe não se cansava de martelar nos ouvidos de Lulu e Sachs. "A sra. Vreeland sempre disse que estilo não tem nada a ver com moda."

Sachs e Lulu faziam amor na cidade inteira; no apartamento dele; no quarto dela, quando a privacidade permitia; e, de vez em quando, em quartos de hotel, com o cenário diferente adicionando alguma novidade à paixão de ambos. Uma vez, quando os pais compreensivelmente não quiseram usar os ingressos de assinatura para dormir durante a ópera *O navio fantasma*, Sachs e Lulu ficaram com o camarote só para os dois, e na antessala privada, protegidos pela cortina, transaram ao som de Wagner no Lincoln Center. Lulu apresentou Sachs aos amigos, pessoas bem-educadas com quem ela crescera ou fizera amizade na Ethical Culture, ou na Fieldston, ou na Brandeis. Apresentou-o à sua sexy amiga Jill com tamanha empolgação que parecia até estar tentando transformá-los num casal.

— Ela é tão linda e brilhante! É arquiteta. Divertidíssima, com um baita senso de humor. Vocês vão se adorar.

Ele conheceu Jill e achou-a legal, mas ninguém para quem se daria ao trabalho de telefonar se não estivesse namorando Lulu. Depois de praticamente jogar um em cima do outro, Lulu continuou falando de Jill com Sachs. Não parava de perguntar se ele preferia Jill a ela. Sachs garantiu que não. Espantava-se com o fato de que, a despeito da beleza, do charme e do intelecto, ela ainda assim parecesse ter um pequeno problema de insegurança. Por exemplo, ficara alterada quando o produtor da peça off-Broadway dele quis escalar uma atriz especialmente atraente e talentosa. É claro que a atriz estaria em contato com Sachs todos os dias quando começassem os ensaios. Foi preciso garantir a Lulu, como já havia feito quanto a Jill, que a atriz jamais significaria coisa alguma para ele, como tampouco a modelo asiática que morava no apartamento acima do seu. Aquilo deixava Sachs lisonjeado, embora tivesse seus próprios problemas de insegurança. Como poderia não tê-los, com os caras sempre paquerando Lulu e ela sendo dona de uma personalidade inatamente sedutora? Ele sentia ciúmes do tempo que Lulu passava com o amigo Harley, mesmo ele sendo ostensivamente gay. Os dois haviam sido colegas na Fieldston e eram extremamente próximos; riam de um milhão de piadas internas, fofocavam e faziam compras e falavam horas no telefone. Brincavam que desistiriam das próprias ambições para formar uma dupla de empregados domésticos. Harley seria o mordomo, e Lulu, a cozinheira e arrumadeira. Não que ela soubesse fazer coisa alguma além de ensopado de atum. Era tudo uma bobajada, mas incomodava Sachs. Harley levou-a para ver Judy Garland no Carnegie Hall, mas só conseguiu arrumar dois ingressos, razão pela qual Sachs não pôde ir. Apesar de tudo, Sachs era obrigado a admitir que apreciava a espirituosidade de Harley e aprendia um bocado com ele, graças ao conhecimento que o rapaz tinha dos bastidores da Broadway e off-Broadway.

Ouvir uma leitura ao vivo da própria peça foi para Sachs uma ducha de água fria. Como soava horrível. Como ele parecia tolo e imaturo. Não era mais a mesma pessoa que datilografara aquelas palavras na sua Olivetti no Village. Precisava consertar a coisa toda, torná-la mais real, menos ingênua. Talvez para o produtor estivesse ok, mas Sachs amadurecera. Atribuiu os elogios de Lulu ao fato de ela pretender encorajá-lo. A peça não mais o satisfazia. Necessitava de ajustes.

Ele e Lulu voaram para Palm Beach para o casamento de Claire, uma amiga dela. Tentaram transar no banheiro do 727 em pleno voo, porque ela adorou a ideia de dizer que ambos eram sócios do Mile High Club. Infelizmente, a turbulência transformou a coreografia exigida numa comédia-pastelão. Quando leu o primeiro ato da peça reescrita, Lulu se surpreendeu com quanto Sachs a aprofundara, e, embora gostasse da versão original, dava para perceber que essa era nitidamente melhor.

Ele disse que um dia escreveria um papel fantástico e complexo para ela porque ela era fantástica e complexa. Lulu respondeu que não estava com ele para que escrevesse para ela. Disse que ele deveria escrever apenas o que o inspirasse. Deu-lhe de presente uma edição encadernada de *Senhorita Júlia* com a dedicatória: "Para Jerry. Só se vive uma vez. Se você for um *schlemiel*, nem duas vezes vão adiantar. Amor, Lulu. "A essa altura, já estava praticamente morando com ele, e os dois procuraram um apartamento maior para morar juntos. Os amigos dela achavam que os dois formavam um belo casal e sentiam que, de todos os romances de Lulu, com esse ela tirara a sorte grande.

Numa tarde de outubro, Sachs voltou ao banco onde a conhecera. Olhava para a cobertura onde tudo havia começado, mas agora com uma perspectiva ligeiramente diferente. Ele estivera lá, fizera o que tinha de fazer e vira pessoalmente o lugar. A cobertura era linda, embora não exatamente o cenário em que Tracy e Hepburn pudessem solucionar seus dilemas insolúveis. Ele riu de si mesmo ao pensar que aprendera a tolerar vinho bourgogne, ainda que apenas uma taça. Sabia agora quanto dar de gorjeta e como comprar lenha para a lareira, e como era a música de Mahler, assim como qual era o gosto do melhor dos brownies e que loção pós-barba jamais comprar de novo. Percebeu como era tacanha a vida que levava antes. Como era limitada a sua educação sob vários aspectos. Claro que entendia que os pais haviam feito o melhor possível, dadas as dificuldades e a renda ínfima do pai. Perguntou-se se não julgara Ruth e Morris com demasiada severidade, com uma irrealidade exacerbada. Naquele momento sentiu tristeza por eles jamais terem morado lá no alto, acima da cidade, a não ser que algum dia, se as coisas dessem certo, ele talvez pudesse fazer isso acontecer para ambos. Decidiu levá-los para jantar no

Lutèce e riu, imaginando que a mãe diria algo tipo "o linguado da tia Rhoda é bem melhor". Viu mentalmente o pai adorando a comida e depois reclamando de azia a noite toda. Mesmo assim, seria bacana convidá-los, mesmo que protestassem. Esses pensamentos aleatórios ocupavam-lhe a cabeça enquanto ele esperava que Lulu fosse encontrá-lo. Ela estava voltando pelo parque da aula de teatro no West Side, e os pais dela iriam levá-los para jantar. Na noite da véspera, os dois haviam comido pizza e assistido a *The Zoo Story*, e ele tinha se perguntado se algum dia escreveria tão bem quanto Albee. Contemplava os prédios, enquanto ouvia os músicos de rua tocarem "A Night in Tunisia" muito profissionalmente. Então, ela chegou. Primeiro, um bafejo do Shalimar de Paula lhe foi trazido pela brisa, depois ele viu o sorriso amplo, os olhos enormes, a energia feliz e, enfim, todo o pacote ganhador do Oscar.

— Oi — disse ela, satisfeita. — Esperou muito?

— Vinte minutos, mas estava ouvindo uns garotos tocarem uma música de Dizzy Gillespie.

— Foi neste banco que tudo começou — emendou ela. — Devíamos pedir à prefeitura para colocar uma placa.

— Você está incrivelmente bonita. O que o personagem Charlie da minha peça chama de beleza paralisante.

— Estou ansiosa pelo jantar — anunciou ela. — Vou comer lagosta à thermidor.

— Você já sabe!

— Amo o La Côte Basque. Acho que você nunca foi lá. Vai adorar. Muito chique, muito *socialite*. Ótimo para ver gente bonita.

— Estou de gravata, você reparou?

— Adorei. Minha mãe estava certa nesse ponto. Você fica ótimo de terno e gravata.
— Estou lisonjeado.
— Quero perguntar uma coisa a você.
— Manda.
— Você gostaria de ir a uma orgia?
— Como é?
— Você gostaria de ir a uma orgia?
— Sexo? — indagou ele com um quê de incredulidade.
— Em geral é o que costuma ser uma orgia.
— Como... Como assim?
— Um cara com quem fiz amizade na minha aula de teatro perguntou se eu estaria interessada em ir a uma orgia.
— Espero que tenha dado um fora nele. Quem é esse cara?
— Perguntei se podia levar o meu namorado.
— Foi isso que você respondeu?
— Foi. E ele disse que sim, sem problema. É nesta sexta, no Village.
— Você só pode estar brincando — disse Sachs, ligeiramente enrubescido.
— Não. Por quê?
— É uma ideia pavorosa — disse ele.
— Por quê? Parece um bocado excitante — discordou ela.
— Uma orgia inclui montes de homens e mulheres nus fazendo coisas uns com os outros.
— Eu sei o que é uma orgia.
— Você já foi a alguma?
— Não. Por isso achei que seria excitante.
— Você gosta da ideia de todo mundo dormindo com todo mundo?

— Você não? É muito erótico.
— Mas outros homens farão sexo com você, dormirão com você.
— E mulheres com você. Talvez várias ao mesmo tempo.
— Não quero que outros homens transem com você.
— Você será um deles e também transará com novas mulheres.
— Essa ideia lhe agrada?
— A você não? Parece tão excitante.
— Mas eu amo você.
— Não tem nada a ver com amor, mas com fazer amor. É puro sexo.

A essa altura, ele percebeu que estava encrencado. A ideia obviamente a cativara.

— Não quero dormir com ninguém além de você — afirmou ele.
— Ora, você não pode apenas ficar olhando. Quer dizer, até pode, faz parte da graça, mas também precisa participar. Achei que adoraria a ideia.
— Bom, se enganou. Por que acha tão excitante estar numa sala com homens desconhecidos nus?
— Nossa, você nunca ouviu falar de banho turco?
— Isso é bem diferente. E acho banho turco nojento.
— Não acredito que não tenha amado a ideia. Com que frequência você tem a oportunidade de fazer sexo grupal de verdade?
— Não quero fazer sexo grupal.
— Por que não? É excitante. Ver, ser visto, ter múltiplos parceiros ao mesmo tempo, um depois do outro.
— Não precisa me explicar o que é uma orgia.
— Achei que adoraria a ideia.

— Pare de repetir isso. Eu amo você. O sexo entre a gente é... Sei lá. Algo sagrado.

— Sagrado? Eu não usaria a palavra "sagrado". Não se trata de um ritual religioso.

— Não, mas não quero ver você transando com outros homens.

— Não acha isso um tesão?

— Não gosto da ideia de você querer fazer sexo com outros homens. E em grupo. Não consigo conceber que a ideia em si não lhe cause repulsa.

— Mas nenhum deles significa nada para mim. Não é como se eu sentisse algo por eles. São desconhecidos. Caras novas. Eu sempre quis participar de uma orgia.

— Sério?

— Sim. Você parece chocado.

— Estou embasbacado.

— Por quê? Minha nossa, nunca achei que você fosse tão rígido a esse respeito.

— Bom, então você não me conhece.

— Estou embasbacada de ver você embasbacado.

— Você quer que a gente participe de uma orgia?

— Sim, quero. Pare de se repetir. Você está parecendo um neurótico de guerra.

— Olhe aqui, meu bem — disse ele com firmeza. — Não vamos a orgia nenhuma. E estou magoado por você querer ir. Aliás, quem é esse cara da sua aula de teatro que convidou você e com certeza quer levar você para a cama?

— Um monte de caras quer me levar para a cama, mas estou com você. Por isso eu disse que precisava chamar o meu namorado.

— Desculpe, Lulu, nós não vamos.
— Bom, eu vou.
— Vai? Sem mim?
— Quero que vá comigo, mas não vou perder essa oportunidade porque você morre de medo de viver uma aventura.
— Queda livre de paraquedas é uma aventura, que também não pretendo experimentar jamais. Você está doida.
— Por quê? Porque quero experimentar coisas novas? Desculpe, mas não imaginei que fosse ficar tão ansioso.
— Eu não me tacharia de ansioso por não estar a fim de fazer sexo com o Coro do Tabernáculo Mórmon.
— Estou profundamente decepcionada. Acho a sua atitude muito desconcertante.
— Não acredito. Você não pode simplesmente sair porta afora e ir a uma orgia sem mim.
— Então vá comigo. Não seja tão puritano. Vamos nos divertir. Gente nova, corpos novos, desejos diferentes. Por que está com tanto medo?
— Pare de falar que estou com medo.
— Devo dizer que acho a sua postura piegas bem pouco atraente.

Sachs estava perplexo, perdido. Tentava argumentar com alguém que não conseguia ver a lógica do seu argumento. O cerne da questão é que ela queria ir, iria, com ou sem ele. Sachs tentou ser justo e perguntou-se se estaria sendo tacanho e se tinha algum ponto fraco, mas o grilo no ombro garantiu que não e que ela era indomável. Serei um covarde?, interrogou-se como num depoimento em juízo. Seria um sujeito piegas? Um *schlemiel*? Seria demasiado inibido para romper os limites da moralidade da classe média? Medroso demais para escolher liberdade sexual em detrimento das convenções? Fraco demais para ir com Lulu a uma bacanal? Seria, no fundo, um farmacêutico? Naquele momento, Sachs viu-se prestes a perder uma mulher que, definitivamente, jamais conseguiria domar. Não suportava a ideia de que ela quisesse ir a uma orgia, muito menos com ou sem ele. Como acontecera com o *escargot*, ela provocou, importunou, constrangeu, seduziu-o e, por fim, indo de encontro a toda e qualquer molécula no seu corpo que gritava em contrário, ele concordou em levar na esportiva.

Estava com náuseas de tensão quando chegou a sexta-feira e foi com ela, de táxi, até uma townhouse na Morton Street. Lulu estava deslumbrante e, fiel ao *schlemiel* que era, ele usava paletó e gravata. Ela tocou a campainha e um sujeito boa-pinta abriu a porta. Ela disse que se chamava Lulu Brooks e que Vic a convidara. O rapaz deixou os dois entrarem. Dava para ver, lá no fundo, uma sala cheia de corpos nus entrelaçados. Uma mulher envolta num robe entreaberto que, na verdade, permitia ver tudo lhes entregou cabides e lhes disse para pendurarem as roupas, antes de mostrar onde ficavam as bebidas e dizer que podiam se servir e que a festa era no salão de estar. "Salão de estar" foi o termo que ela usou. A tia Sylvia de Sachs tinha um salão de estar, mas nele serviam-se chá e ameixas secas, não sexo em escala industrial. Lulu tirou os sapatos. Sachs estava paralisado. Não conseguia se obrigar a despir um fiapo de roupa, nem mesmo desafivelar o cinto, nem mesmo desatar o cadarço de um dos sapatos. Evitou olhar para o fundo do cômodo por medo de ver o corpo nu de um homem e regurgitar a batata assada que comera. Lulu começou a despir a blusa e a baixar as alças do sutiã La Perla de renda preta, indiferente a ele, que tomou a direção da porta e escapuliu para o ar fresco da noite.

Enquanto caminhava até a Sexta Avenida, onde pegaria um táxi, Sachs entendeu que o filme que começara num banco do parque tinha acabado. Ele olhara nos olhos dela vezes demais e vislumbrara nas suas faíscas cor de violeta o resto da própria vida. Que último rolo!, pensou. Não era exatamente um final hollywoodiano. Apertou o passo. O outono chegara cedo e, com ele, as próximas atrações das noites do inverno. Ao seguir rumo à avenida, passou pelo Minetta Lane Theatre. Sua peça estrearia ali, e os ensaios logo começariam. Lembrou-se de que ela ainda necessitava de ajustes.

Apêndice

Em "**Park Avenue, andar alto, vende-se urgente — ou Pula-se no vazio**", os sobrenomes das duas corretoras de imóveis fazem referência a espécies de tubarões (mako e tubarão-branco). A frase "antes de desaparecerem para sempre nas várias versões dos oito milhões de histórias da cidade nua" remete à série de televisão de 1958 *Cidade nua*, cujos episódios se encerravam com a frase "Existem oito milhões de histórias em Nova York e todos os dias os detetives da 65.ª delegacia tentam resolver uma delas".

O título original do conto "**Franguinhas, que tal sair hoje à noite?**" é "Buffalo Wings, Woncha Come Out Tonight", jogo de palavras intraduzível para "Buffalo Wings", asinhas de frango marinadas, e "Buffalo Gals", canção tradicional norte-americana do século XIX, cujo estribilho é "Buffalo gals, woncha come out tonight" (Mocinhas de Buffalo, que tal sair hoje à noite?).

O título original do conto "**Escaldados em Manhattan**" é "Tails of Manhattan", que significa "Caudas de Manhattan", cujo som é o mesmo de *Tales of Manhattan* [Contos de Manhattan], traduzido em português como *Seis destinos*, filme de 1942 que conta seis histórias baseadas no romance *Historia de un frac*, do mexicano Francisco Rojas González, sendo que "fraque" em inglês é "tailcoat" (paletó com "caudas").

Em "**Imbróglio na dinastia**", a menção a Tio Tai e Tia Yuan alude a *Uncle Tai* e *Auntie Yuan*, cadeias de restaurantes chineses nos Estados Unidos.

No conto "**Nada melhor que um cérebro**", a frase "um ser urbano raivoso menos apaixonado pelos gorjeios de cotovias e grilos e mais chegado ao barulho trovejante do tráfego, para citar o bardo de Peru, Indiana" faz alusão a Cole Porter, nascido em 1891 na cidade de Peru, no estado de Indiana, compositor de "Night and Day", que fala do "roaring traffic's boom" (barulho trovejante do tráfego).

Em "**Por cima, em volta e por dentro, Vossa Alteza**", a frase "Mas, Edward, o nó *four-in-hand* é a opção dos cavalheiros ingleses desde que Hector era um filhotinho" remete ao cachorro dos Simpsons, personagens-título da série de animação, uma alusão à família de Wally Simpson, a duquesa de Windsor.

Em "**Crescer em Manhattan**", a frase "Torcia para que Sachs seguisse os passos do sr. Rexal e do sr. Walgreen" alude a cadeias de farmácias no Canadá e nos Estados Unidos, enquanto "Sem dúvida, como dissera Larry Hart, Nova York fora feita *'for a girl and a boy'*" remete à canção "Manhattan", de Richard Rodgers e Larry Hart, e "aquilo que faz os passarinhos se esquecerem de cantar" faz parte da letra de "You've Got That Thing", de Cole Porter.

Nos contos "**Proibido animais**" e "**Crescer em Manhattan**", há menção ao "Mile High Club", um eufemismo para rotular indivíduos que fizeram sexo a bordo de um avião em pleno voo.

Tradução dos termos em iídiche:

- *Boychick* — garoto
- *Goniff* — ladrão
- *Mensch* — indivíduo honesto
- *Nudnik* — chato
- *Schlemiel* — indivíduo inútil
- *Schlimazel* — infeliz
- *Schmendrick* — babaca
- *Schmuck* — pateta
- *Putz* — imbecil
- *Yold* — idiota

DIREÇÃO EDITORIAL
Daniele Cajueiro

EDITORA RESPONSÁVEL
Ana Carla Sousa

PRODUÇÃO EDITORIAL
Adriana Torres
Laiane Flores
Mariana Lucena

REVISÃO DE TRADUÇÃO
Ulisses Teixeira

REVISÃO
Eduardo Caneiro

PROJETO GRÁFICO
DE MIOLO E DIAGRAMAÇÃO
Henrique Diniz

Este livro foi impresso em 2023,
pela Reproset, para a Nova Fronteira.